田中家、転生する。
猪口
Choco
kaworu
[illust]
JN055160

『ダーッ』
長女
エマ／港
次男
ウィリアム／平太
『さーんっ』
長男
ゲオルグ／航
「……え？」
田中家全員、
転生していた。
田中家点呼！

『いーちっ』
父 レオナルド／一志
『にーいっ』
母 メルサ／頼子

あの子と、再び。

ずっと会いたかった。
無理だと分かっていた、
けど、ずっとずっと一緒にいたかった。

「でっかくなったね」

「にゃん♪」

猫 コーメイ

転生よりずっと前に亡くなった笘の飼い猫。
何故か巨大化&猫又化して異世界までやってきた。
家族(エマ)ともう一度一緒に暮らすために。

Choco
猪口

［illust］
kaworu

口絵・本文イラスト：kaworu
デザイン：杉本臣希

CONTENTS

第一話 一家団欒。 004
第二話 前世の記憶。 006
第三話 鉄板ネタ。 018
第四話 第一回田中家家族会議。 028
第五話 お茶会。 033
第六話 野良猫。 051
第七話 コーメイさん。 059
第八話 ピンチにパンチ。 070
第九話 深夜だよ！　全員集合！ 075
第十話 兄と弟の東奔西走。 082
第十一話 吾輩は猫である。 088
第十二話 突然の帰郷。 104
第十三話 第二回田中家家族会議。 120
第十四話 圧巻。 123
第十五話 ローズ・アリシア・ロイヤルの憂鬱。 134
第十六話 推しが尊い。 142
第十七話 着せ替え人形。 153
第十八話 王子と三兄弟。 165
第十九話 チビッ子名探偵と在ってはならないもの。 176
第二十話 局地的結界ハザード。 191
第二十一話 絶体絶命。 208
第二十二話 白い袋。 215
第二十三話 天国。 243
第二十四話 決意。 250
第二十五話 傷痕。 254
第二十六話 商人と貧乏貴族。 269
第二十七話 王都へ。 281
書き下ろし特別編 類友。 292

第一話　一家団欒。

田中家は猫をこよなく愛する一家である。

小器用な父、一志　六十五歳。
料理上手な母、頼子　六十五歳。
天然ボケな長男、航　三十八歳。
守銭奴の長女、港　三十五歳。
残念な次男、平太　三十三歳。

両親二人は、日本有数のド田舎で今年から年金暮らし。
三兄弟は独立し、それぞれ一人暮らし。
三人とも中々いい年だが、誰一人として結婚できていない。
長男は建設業、長女はＯＬ、次男はコンビニアルバイトで生計を立てている。
年に数回は両親がド田舎から出てきて、家族揃って母の手料理を食べる。
場所は決まって、兄弟の中では比較的広い、港のマンションである。
本日のメニューはもつ鍋。
誰も遅刻せず、晩餐が始められる。

　いつもなら、働き方改革って何だろう？　と思う程の休日出勤と残業量の航と時間にルーズな平太が遅れてくるのだが、珍しく揃って食べ始めることができそうだ。

　美味しそうにぐつぐつと煮立っている鍋を囲み、乾杯のためのビール缶をぷしゅっと開けたその瞬間……。

　大地が突き上げるように、揺れた。

「うぇ？　地震？」

「結構でかいな！」

「取り敢えず！　火消して！」

「早く！　逃げっ」

「危ないっ！」

　かねて危惧されていた南海トラフ大地震であった。

　マンションの一階にある長女の部屋は大地震によって、その日ぐしゃりと潰され、一家は全滅した。


………………はずだった。

第二話　前世の記憶。

「……さま……お……様！……お嬢様！」

私付きのメイドのマーサが、あり得ないほど狼狽えている。

家族で食事をしていたはずなのに、気付けば床に倒れマーサに支えられていた。

マーサに心配をかけてはいけないと体を起こすも、ガンッと頭にタライが落ちたかのような衝撃に襲われ、クラクラする……ん？

何だ？　この比喩表現？　タライが何故、上から落ちてくる？

……ああ、そうそうドリフか？　ドリフだよね？

ん？　ドリフってなんだっけ、あれ？　ドリフはドリフでしょ？　ネタが古いとかはさておいて。


何だ……これ？　頭がごちゃごちゃしてる……？

どうしたの？　わたし……あたまがなんだかごちゃごちゃしているわ？

わたし？　って？　なに？

「お嬢様っ？　お気付きですかっ？　私が分かりますか？　大丈夫ですか？　……お嬢様？」

お嬢様？　お嬢様って？　ん？　まーさ？　……うん。マーサはもちろん、分かるよ。

ずっと前から家にいるもの。

なら、分からないのは？　……お嬢様？　私が？

「お嬢様？　エマ様？」

エマ……えま？　そうそう、そうよ。わたしは……エマよ。

エマ・スチュワート。

自分の名前を忘れるなんて……ああ、もうっタライのせいで頭がクラクラ、グルグルするわ。

あれ？　たらい？　……タライ？

だからドリフのやつ……どりふ？　ドリフって？　だから……何だっけ？

なんだ？　なんなの？　どうなっているの？　これは、いつの記憶？

なに、このグルグル回る頭の中で情報量が急激に増加していく感覚は……。

知らないのに知っている？　え？　え？

見たこともない人々……なのに……知っている。

ワケの分からない乗り物……なのに……知っている。

ここではないどこかの見たこともない筈の風景を……知っている……のは……なぜ？

私じゃない、わたしがいる……？　違う……これも……私？

……もう……無理……。

「ごめん……なさい……マーサちょっと……一回寝かせ……て……っ」

「え？　ちょっおっお嬢様ぁ――――！」

ガクッ
……ごちゃごちゃになった頭を整理すべく、一度リセットのためのシャットダウンをするかのように、ぷつりと気を失う。

困ったときは取り敢えず寝よう。

寝て起きたらスッキリ元気になっている筈なのだ……多分……。


その後、私の意識は混濁し、しっかり寝込むことなんと三日間。

やっと自身の状況に折り合いがついた田中港こと伯爵令嬢エマ・スチュワートは、三日前に起こったあらましをメイドのマーサから聞いているところである。

「本当に二度とやめて下さいね！　庭に生えたキノコをこっそり食卓に出すなんて！　皆様が無事だったから良かったものの、伯爵家一家食中毒死なんて外聞が悪すぎます！」

「ご、ごめんなさい……？」

私が庭で偶然見つけたキノコが、そもそもの原因だったとマーサに怒られる。

ところで、炭火で焼いてディナーの一品に紛れ込ませたのが私だと何故、バレている？

証拠はない筈なのに、え？　日頃の行い……？

でもね、あれね……マーサは知らないかもだけど、松茸だったんだよ？　ＭＡＴＳＵＴＡＫＥ！

なんちゃってお吸い物でも、炊き込みご飯にわずかに垣間見える、うっすーーいスライスした何かじゃない、天然物の正真正銘の松茸。

まさか、そのあまりの衝撃的な美味しさに前世を思い出したなんて……言えない。

少なくとも今は、言えない。

なにより誰も信じてくれないだろう。

……？

あれ？　マーサ今、一家食中毒……って言った？

「マーサ？　もしかして、倒れたのは私だけではない……とか？」

今の私の家族にも松茸の影響が何かあったのだろうか？

「エマ様と同様に、あのキノコを食べた旦那様、奥様、ゲオルグ様にウィリアム様、皆様一斉におかしな言葉を仰ったあと、卒倒致しました」

どういうことだろう？

この世界では松茸を食べる習慣がないから吃驚したとか？

松茸って……凄く、凄くおいしいからなぁ。

思い出しただけで、うっとりする。

食べた瞬間のあの芳醇な香り！　シャッキリした歯応え！

和の味と香りに一気に前世を思い出してしまうなんて、本当になんて罪な松茸……。

食べた瞬間、一番初めに思い出したのは皮肉なことに死ぬ直前の光景。

前世の、田中港の最期の瞬間。

耳に残るぷしゅっという音の後、突き上げるような大きな揺れ、逃げようにも立つことすら上手くできなかった。

壁が先なのか、天井が先なのか、大きな音をたてて我が家が崩れてくるのを見た直後の激痛……。

「お嬢様……？」

思わず寄せた眉間に気付いたのか、マーサが心配そうにこちらを見る。

無理もない。

だって私、出来立てほやほやの病み上がりなのだから。

悔やみきれない前世の最期の瞬間に思いを馳せる。

なんて、本当に……なんて辛い死に方をしてしまったのだろう。

『あぁ……せめて一口、ビール飲みたかった！』

思わず日本語で呟くとマーサが驚いた顔をする。

「そうです！　皆様一様にそう仰っておりました！　なんの呪文ですの？」

「マーサ、呪文じゃなくて日本語だよ。って？　え!?　みんな!?」

そう……田中家は一家揃って酒好きだった。

「日本語ってなんですか？　お嬢様」

マーサが不思議そうな顔をして尋ねる。

「外国の言葉よ。多分極東？」

適当に答えるが、この世界の地図の東側は国交の結ばれていない国も多く、未開の地である。

そもそも、この国で一番高級な地図でさえ、この世界の全体像を捉えていないのだ。

「それよりも、お父様たちは大丈夫だったの？」

「お嬢様以外は一時間程で意識を回復されましたし、翌日からは普段通りお過ごしでいらっしゃいます。皆様あのキノコは、ほんの少し口になさっただけのようですし……。お嬢様だけは一本まるごと召し上がっておられましたので……」

その食い意地をなんとかしろって暗に言われている。

でも松茸だよ？　前世でだってそんなに食べてないよ？

記憶がなくても、松茸は本能でいっちゃうって！

「しかし、皆様少し様子がおかしいと申しますか……。なんだか戸惑っているようにお見受け致します。お嬢様の奇行には慣れていらっしゃる方々ですのに……」

おいっ。マーサ！　奇行って！

マーサが、なんだかずっと冷たい……。

病み上がりなんだし、もっと優しくしてくれても良いのでは？

「いつも言っておりますが、お嬢様は今年で十二歳になられます。来年からは王都で暮らすことになりますのにマーサは心配です！　虫とかキノコとか虫とか、あと虫とか興味を持つのはお止め下さいましっ」

うわああ！　このパターンはマズい！　いつものお説教に移行し始めている。

これ長いのよね……。それにしてもマーサの虫嫌い酷くなってない？

私の転生したらしい伯爵家一家は、父の弟の王立大学卒業を機に領地経営を一時交代し、王都に住む予定となっている。

我が領地は王都まで馬車で十五日と遠く、いわゆる辺境の地なのである。

主な産業は絹織物で養蚕から機織りまでを領内で賄い、上質の絹を生産している。

流行り廃りが激しい王都の服飾業界において、スチュワート伯爵家の領地であるパレス産の絹はここ数年、国内最高級品として王家にも献上されている。

そんなパレスで生まれ、パレスで育った私、エマ・スチュワートにとってお蚕様を含む虫達は、慣れ親しんだ友達なのである。

私悪くない。いつもの言い訳が頭に浮かぶ。

「お嬢様の虫好きは常軌を逸しております！　お蚕様だけでなく、毛虫もムカデも蜘蛛もバッタも蜘蛛も、何でもかんでも集めて……。本当にほんの少しで良いのです。普通の女の子のようになれませんか？」

ちょっと、マーサ？　私、普通の女の子なんですけど……。

虫のことだって、ポケットに色とりどりの毛虫をいっぱい入れていたのを忘れていた件は謝ったし、落書き帳に観察記録としてムカデのデッサンうじゃうじゃ描いたのは違うはず……。

だって、とっても上手にリアルに描けたんだもの……。

あとなぜ蜘蛛は二回言った？　マーサ蜘蛛に何か恨みでも？

……心当たりは……うん、なくはない。

屋敷の裏庭には通称エマの小屋と呼ばれる虫小屋がある。

小屋と呼ぶには大き過ぎる立派な建物だ。

エマの個人的な趣味の蚕研究の他に、糸を出す虫や、庭や公園で見つけた諸々の虫なんかも片っ端から集めて飼育するのを目的としている。

元々はエマが自室で細々と楽しんでいた趣味だったが、使用人からの苦情（主にマーサ）と蚕の研究規模がじわじわ大きくなってきたので、エマに激甘の父が一昨年の誕生日に建ててくれたのだ。

「はっ、私、宝物（虫）たちの世話、三日間もしてないっ」

虫達がエマージェンシーだ……。既に、共食いが始まっているかもしれない。

蚕の研究室は別だが、雑多な虫達は一部屋にまとめて飼っている。

あの綺麗な紫色の蜘蛛は無事だろうか……？

二週間ほど前に森で出会った蜘蛛はエマの一番のお気に入りで、色んな人に見せては自慢していた。

「お嬢様……」

マーサの目が更に冷たい。

お気に入りの蜘蛛を見せた時のマーサの絶叫は忘れられない。

困った、虫が絡むとマーサの説教はさらに長引いてしまう。

なんとか気を逸らさないと……。

その時、コンコンっと遠慮がちなノックの音が聞こえ、マーサがお説教を中断する。

このベストでナイスなタイミングはきっと……。

「姉様、お目覚めになったと聞いて、お見舞いに来ましたよ」

扉からひょっこり現れたのはキラキラ眩しいほどの美少年……。

いやまあ、弟のウィリアムなのだけど。

母譲りの煉瓦色の髪に、父譲りのスチュワート家特有の透き通るような紫の瞳を持つ九歳児。

その小さな両手には、大きな虫かごを抱えている。

「すいません僕、虫たちのことをすっかり忘れていました。お蚕様は部屋が違って皆無事でしたが、あの部屋の虫は姉様が寝ている間に、残念ながらこの蜘蛛一匹になってて……」

ああ、心配していた事が現実に……いや、早くない？

エマの宝物がエマの宝物を食べつくしていた……たったの三日で？

てんとう虫……二十種類も集めたのに……。

餌を貰えなかった各種甲虫もカマキリもキリギリスもヤスデもだんご虫もあれもこれも、壮絶なバトルロイヤルを繰り広げたことだろう……。

せめて、その様子を観察・記録したかった。

「うう……残念だけど仕方ないよ……」

ウィリアムから虫かごを受け取り、中の様子を確認すると、紫色の蜘蛛がカササ動いていた。

あの一番お気に入りの子だ。

バトルロイヤルの勝者は貴女（あなた）なのね。

あれ？　気のせいかな、ちょっと？　……結構？　かなり？　大きくなっているような……。

可愛（かわい）い蜘蛛の円（つぶ）らな八つの瞳がこっちを見ている（気がする）。

うん。貴女は悪くないよ。餌、やれなくてごめんよ……。

可愛がっていたのでエマの顔を見ると蜘蛛も寄ってくる。

「ヒィィィィ！」

虫かごから出した、成長甚（はなは）だしい蜘蛛を見て、マーサが一目散に逃げ出す。

しばらくは帰ってこないだろう。

相変わらずマーサにこの蜘蛛の良さは伝わらない。

それにしても弟よ……姉の宝物の蜘蛛を人払（ひとばら）いに使うなんて……。

そう、人払い……というかマーサ払いに……。


ウィリアムは、さっきからもじもじ探（さぐ）るようにエマを見ていた。

言いたくても、言えない。訊（き）きたくても、訊けない。知りたいけど、知られたくない。

不安そうで、確信が持てず、迷っているような。

お互（たが）いに思っていることは多分……一緒（いっしょ）なのだろう。

ウィリアムは姉のエマをしっかり見て、息を吸い、意を決したように口を開く。

「……みな姉？」

「…………ぺぇ太？」

確認した二人の声がハモる。

「「異世界転生かよ！！！」」

第三話　鉄板ネタ。

弟が……美少年。

あの、ぺぇ太が美少年？　前世の記憶が戻った今、ちょっと簡単には受け入れられそうにない。

「ぺぇ太がこんな可愛いわけないよ！　は？　どんだけ美少年だよ！　気持ち悪い！」

「……ああ、疑いようもない。この口の悪さ……みな姉だ……！」

ぺぇ太ことウィリアムは何とも言えない顔をしている。

しかし、その何とも言えない顔ですら、美少年なのだ。

もともと田中家の容姿は揃って、十人並み。

ぺぇ太に至っては髭も剃らず、放置した硬い毛の強すぎる天然パーマはアフロ全開。

我が弟ながら小汚い見た目で、会う度にあいさつ代わりに貶すことにしている。

優しいだけが取り柄の甘ったれ末っ子で仕事が続かない。

就職したと思ったら、いつの間にか辞めている。

ダメな子である。

困ったものだが、ダメな子ほど何故か可愛い。姉弟仲は良好だ。

「マーサから話を聞いたんだけど……もしかして、転生したのって……」

自分の転生自体、まだ受け入れきれていない中、そんな旨い話があるわけないのだが、目の前には美少年に転生した弟がいる。

こいつ……フリーターしながらどんだけ【徳】積んだんだ？　髪の毛サラッサラじゃないか！

「あのっ、姉様は……前世の、みな姉だった記憶はどこまで思い出せているの？」

「え？　どこまでって……全部？」

港の記憶は、地震で死ぬ直前の状態と変わらない。

「そうなの？　僕はあの日、目を覚ましてから、徐々に記憶が増えている感じなんだけど……まだ曖昧なところが多いんだよね」

これはマーサの言うように松茸の食べた量と関係があるのだろうか。

記憶が増えるのが徐々にだと、寝込まずにすんだのかな……？

今、何気にはぐらかされたけど他の家族は結局どっちなの？

転生orノット転生？

「ぺぇ太、私以外の家族とは、転生について何か話した？」

「いやいや、僕、みな姉……姉様と違ってこの世界ではマトモだからね。そんなおかしなこと、お父様達に訊けるわけないじゃない‼」

記憶が曖昧といえども、転生なんて非常事態、確認くらいはしているだろうと期待したのに。

「マトモって……前世プータローの癖に何、調子こいてるの？」

「ぐぅぅぅ」

ぺぇ太から、ぐぅの音が出る。

それにしても……何故なんだ？

ウィリアムにしろ、マーサにしろ、この世界の私の評価が何気におかしい気がする。

……転生の弊害なのか、油断すると現世と前世の言葉遣いがごっちゃになってしまう。

話しているのは日本語とは別の言語なのに。

弟と二人っきりだから今はセーフだが、これは気を付けないと……。


確かに、ぺぇ太が家族にこの状況を訊きづらい気持ちも分からなくはない。

ねぇ？　もしかして、転生した？　なんて前世から数えて四十年以上生きているが、そんなトンデモ質問一度もした覚えがないのだから。

そんな中、ぺぇ太はエマの目が覚めるのを待ってまで、一番初めに確認に来たのだ。

立場が逆だった場合、私もまず、ぺぇ太に確かめに行くだろう……。


田中港は、前世は軽めのオタクだった。

漫画も小説も普通の人の何倍も読んできている。

そして弟の平太もオタクである。

兄も入れて、兄弟間での漫画の貸し借りが田中家三兄弟の仲良しの秘訣だ。

港とぺぇ太はお互いに異世界転生というジャンルを、ある程度把握していることは分かっている。

兄の航は漫画は読むが、小説は読まない。

転生ものは漫画でも説明が入りがちで、字が多いために航が転生ものを把握しているかは分からない。

だからぺぇ太も一番に私に確かめに来たのだ。

マーサ払い のために紫 色の蜘蛛を持参して。

あっ……蜘蛛が蜘蛛の巣作ってるところマジかわいい……。

キュンと胸が高鳴る。この感覚は港にはなかったものだ。

エマは伯爵令嬢……だよね？　今の反応はほぼ、小学生男子の昆虫博士だけど……。


不思議なことに、港自身が死んだ事には悲愴感はない。

前世の未練がビールだけではないけれども、そこから今までのタイムラグが体感として全くないからかもしれない。

次の日、仕事に行かなくて良いって思うとちょっと嬉しくさえある。

脳内感情の内容量的に港の方が強いのは生きた時間が長いからなのか、いや、そもそもエマの頭の中は異常な程に大半が虫のことだけなのである。

食い意地が張っているのは港も同じだし、前世でもときめく程ではないが、割と虫は好きだった。

何故か、不思議と性格にズレのようなものは感じない。

なかったものが足されたりはあるが、あったものが減っている感覚はない。

それにしても、これから貴族として生きるに当たって淑女教育に不安がありすぎる。

港は一般人、エマは虫愛づる姫……頑張ろう……。なんか……頑張ろう……。

「ところで、みな姉……は、乙女ゲームしたことある？」

ウィリアムが深刻な顔で、訊いてくる。

「ぺぇ太は？」

「ない」

「私も……この世界に見覚えはない……かな？」

前世の異世界転生ジャンルの話だと、乙女ゲームの世界に転生しちゃった☆っていうパターンがあるが……港も平太もそんな記憶はなさそうだった。

憧れの、転生したら知識生かしてチートで俺TUEEEな展開も期待できない……。

現実は世知辛いもの。

知ってる、前世で三十五年も生きてたら、分かる。

無双なんて夢想だ。

「あっそういえば、一回スマホゲームで武田信玄オトすゲームしたわ！」

ぶわっと美しいスチル画像が思い出される。

あれも？　あれこそ？　乙女ゲームだよね。

数年前にプレイした……クリアすらしていないけど、おぼろげに記憶が甦ってきた。

「え？　なぜに、武田信玄？」

港はやや歴女でもある。

せっかく思い出したが、部屋を見渡すまでもなく……エマの記憶にあるこの国は、港が知らない西洋っ「ぽい」どこかである。

それこそ、ここが武田信玄をオトすスマホゲームの中の戦国日本なら、港の知識チートが炸裂したかもしれない。

武田信玄も、オトせたかもしれない。

そう考えると実に惜しい、残念無念。

どうせならば、直江兼続の嫁とかも目指したかった……毎日、【愛】の兜磨くのに。

西洋っ「ぽい」というのは前世の西洋とは少し、どこか違うから「ぽい」と表現するしかない。

この違和感から、乙女ゲームというワードをウィリアムが口にしたのだと分かる。

蚕もここで育ててたらシルクロード要らないしね。

時代背景で違ってくるのかもしれないが、よく分からない。

日本史は得意だが世界史は微妙だ。やっぱり全く知識チートが使えそうにない……。

もし、この世界が乙女ゲームなら、大きな不安要素もある。

「どうしよう……転生先が悪役令嬢とかだったら、断罪イベント回避しないと没落してしまう……」

武田信玄のスマホゲームには悪役姫君もライバル茶屋娘も出て来なかった。

対策しようにもなんら思い当たる知識がない。

卒業パーティーでみんなの前でぎゃふんなんて辛すぎる。

「みな姉なら立派な悪役令嬢になれるよ」

むぅ、と考え込んだエマにウィリアムが曇りなき眼で言い放つ。

イラッとした。

反射的に拳を握るが……出せない！

悔しいけど、いつもなら即殴っているのだが、美少年の顔は傷つけられない。

なんだよっ！　無駄にキラキラしやがって！　気持ち悪い！

「取り敢えず……後でお父様達に確認しよう」

なんとか拳を収め、ベッドからするりとぺぇ太ことウィリアムの足の小指を狙って着地する。

「いってっっ！！！」

美少年だって調子に乗れば痛い目に遭うことを姉としてしっかり教えてやらねば。

顔はやばいから足の小指をやるのだ！　ニヤリ。

◆　◆　◆

結局、エマが目覚めたというのに、家族全員が揃ったのは夕食の時だった。

それまで父と兄は狩りに、母はお茶会に参加していた。

エマの容態が良くなるまで、ずっと仕事も社交も無視して看病していたツケが回って来たらしい。

申し訳ない。

まあ、母のお茶会なんかは王都と比べると気楽なものらしいけど。

そして……なにより……。

いつもより静かな食卓。

いつも娘ラブな父が物思いにふけっている。

いつも次男ラブな母が物思いにふけっている。

いつも妹弟ラブな長男が物思いにふけっている。


誰も何も話さない、変な空気が漂う食卓。ウィリアムは、私の出方を窺っている。

三日ぶりに回復したエマがいるのに、食事前に軽く体調は大丈夫かと確認されたあとは、ずっと無言である。

激甘に育てられたこれまでを考えると、ちょっと異常な光景だった。

デザートのプリンだっていつもゲオルグ兄様は譲ってくれるのに、一言もなく食べ出している。

使用人たちもどことなく様子のおかしい家族に不安そうに給仕している。

これは、各々転生に戸惑っていると考えて良いのだろうか。

エマやウィリアムよりも松茸の摂取量が少ないなら、状況把握に気を取られるのも仕方がない。

この様子なら、食後に一人ずつ部屋に確認に行くのも面倒になってきた。

確認を含め、もろもろの説明も話し合いも一括で終わらせたい。

……この際、不本意ながらエマの奇行には、家族と使用人たちは慣れているようなので、思いきってここで確認しちゃおうか……その方が手っ取り早いよね。

ガタンっ

ちゃっかりプリンを完食してから、勢いよく席を立ち、息を吸う……。

家族全員の視線がエマに集まる。

この世界の言葉とは異なる、前世の日本語で声を張る。

『田中家ー！　点呼ー！　番号――――！』

すると、すかさず父レオナルドが、

『いーちっ』と言って敬礼しながら立ち上がる。

『にーいっ』と言って母メルサが敬礼しながら立ち上がる。

『さーんっ』と言って兄ゲオルグが敬礼しながら立ち上がる。

『ダーっ』と言ってエマと弟ウィリアムが拳を突き上げる。

もはや点呼でも何でもないが、昔から田中家では旅行の際、人数確認の儀式として定着している。

大人になって旅行がなくなっても、家族である程度酔っぱらうと、誰かしらが仕掛けて皆で爆笑する流れである。

家族以外に見られれば、めちゃくちゃ恥ずかしいやつだったりする。

それでも誰かが仕掛ければ、考える前に体が勝手に動くのである。

そう、田中家の一員ならば。

いつもなら爆笑間違いなしの鉄板ネタのはずが、みんなきょとんとしている。

体が反射的にやっちゃっているので仕方がない。

別にウィリアムはしなくていいのに、染み付いたダーからは逃れられない。

『二十分後にエマの小屋に集合』

と更に日本語で言うと、三人とも目を大きく見開いて頷いた。

くるっと回れ右をして、何事もなかったかのような顔で自室に戻ろう。

覚悟はしていたが使用人の視線が痛い。

マーサに怒られる前に早く逃げよう……。

「はっっお嬢様！　廊下は走ってはなりません！」

ま、結局は怒られたけど……。

後でウィリアムに普通に日本語で言うだけで良かったのにと言われたが、ダーの儀式は田中家の証明である。

用心深いと思われるかもしれないが、家族全員が意思疎通する前に確実に田中家だと知る必要があったのだ。

決して他の方法が思い至らなかった訳ではない。

決してそんなことはない……。

第四話

第一回田中家家族会議。

第一回、田中家家族会議である。

エマの小屋はエマの虫愛の城だけではなく、スチュワート伯爵家の蚕研究所でもあり、小会議室なんかも併設されている。

エマは物心ついた頃から虫に執着し、それ故に虫に関してだけは天才的な才能を開花させた。

エマが交配を繰り返し、餌を改良し、飼育環境を工夫した蚕は、一匹の体長がまさかの五十センチくらいになっている。

目標は一匹につき一ドレスの絹糸量だったが、これ以上巨大化させると餌の量や世話の負担の問題もあり、ただ大きくするだけでは限界があった。

今は、体長は現状維持で繭の量を増やせないかと研究している。

エマ……恐ろしい子……。

そんな勝手知ったるエマの小屋の小会議室に家族全員集合し、転生について話し合っていた。

それにしても……眩しい……。

弟だけでもキラキラしているのに、更に三倍である。

父と兄は金髪に紫の瞳。

二人とも甘いマスク……とは程遠い強面なのだが、しっかりパーツは整っている。

特に父は背が高く、がっしりとした体格でめちゃくちゃ強そうだ。

煉瓦色の長い髪を品よく纏めた母の瞳の色は薄い緑で、これまた強そうな感じの迫力美人。

怒ると怖そう……いや、めちゃくちゃ恐いのだ。

エマの記憶では母がダントツで恐い。

還暦をがっつり過ぎていた父と母も、今では前世の娘と同じ年である。

ああ……でも母様みたいな迫力系美人、憧れる。

エマも金髪だが、父や兄よりもやや色素が薄い。

瞳は母譲りの薄い緑で、同じくキラキラではあるのだが、何故か父と母の強そうなところを絶妙に避けて作られたような、ぽけっとしたぽやんとした顔をしている。

強さも迫力も皆無だった。

せめてこれからは、もうちょっと見た目にも気を使おう。

これまでずっと、虫のことしか頭になかったエマ故に、まだ挽回の余地があるかもしれない。

この揃ってキラキラな容姿について、元超平凡一家、田中家はどう思っているのか。

「みんな……なんか美形過ぎじゃない？」

「ん？　いや、この世界こんなもんだって」

兄ゲオルグがしれっと普通に答える。

なんと！　この世界の容姿、こんなもんらしい。

元のエマには人間の美醜の感覚がなく（全く興味がない）、港目線で見ているからなのか、エマ以外は前世の記憶が今のところ薄いからなのか、違和感を覚えているのは前世、百パーセントの記憶をもつ港だけのようだ。

そして、前述したように、あの弟ですら美少年だし……。

「前世はみんな黒髪黒目の地味顔だったから、すごい違和感！」

目の前には美形家族。

だが、うっかり気を抜くと前世の姿とダブるから、余計やるせない気持ちになる。

「いや、エマも前世の港も、変わらず最高に可愛いよ」

父レオナルドがにっこりとボケでなく言う。

今も昔も娘に激甘なのは変わらないらしい。

当初の目的だった、港とぺぇ太の漫画や小説からの転生知識を家族に話したあとの雑談の方が、盛り上がってしまっている。

肝心の説明やらなんやらも【輪廻転生】という、特にオタクの知識がなくても日本人ならなんとなく理解できる東洋思想があるために、家族全員拍子抜けするほどすんなりと受け入れていた。

そもそもが、あまり深く考えないタイプの一家である。

因みに、この国での黒髪は王家の血筋を意味する。

黒髪の方が珍しいという状況は日本人としては不思議な感覚ではあるが、金髪の白馬に乗った王子様はこの国には存在しない。

兄の言うようにこのキラキラした美形が普通なら、今後どれ程眩しい思いをすることになるのか、期待しておこう。

「とにかく！　大事なことは一つだけよ！」

これだけは言いたいと、母が三兄弟の目を順番に見る。

「あなたたち、今回こそ結婚しなさい。いい加減に孫抱かせなさい！」

「……」

「……」

「……」

「返事は？」

母からの圧がすごい。顔が綺麗だと余計に怖いな……。

結婚は前世から言われ続けているが、迫力が違う。

「母様、落ち着いて！　僕まだ九歳だよ！　結婚なんてまだまだ先だよ？」

ぺぇ太、ナイス！　そうそう私達まだ子供だし☆

そもそも成人すらしてない子供に急かせ過ぎだ。

「大丈夫。なんとかなるから！」

「‼　っなんともなんないよ！」

母、まさかの返答、無茶振りにも程がある。

「か、母様……まずは長男からです！　わっ航にぃ……ゲオルグ兄様がまず、結婚します！　私はゲオルグ兄様が結婚したら考えます！」

「あっずるっ！　ちょっ……えっと……母様、落ち着いて！　俺もまだ……十五歳だから、前世の感覚だとまだ中三だよ？　やっと狩りにも連れていってもらえるようになったばっかりだし……」

そうそう、その調子！　兄様には頑張って言い訳を……と思っていたが、

「ゲオルグ…この世界ではね、男は十六歳で結婚できるのよ。エマ、女は十四歳からよ。あなた前世でもそう言って結婚しなかったでしょう！」

「「くっ」」

お母様、要らないところばっかり思い出している。やりづらい！

結局、どうしたって母には勝てないと、俯く三兄弟に母がにっこりと笑う。

「大丈夫。早速明日から婚約者選びを始めることにするわ……」

この話題になるとお父様は終始無言。

触らぬ神に祟りなし、である。

こうして、第一回田中家家族会議にて、今世の目標が半ば無理やり決定した。

今世の目標 三兄弟の結婚。

第五話　お茶会。

パレス領地内の有力者や近辺領地を治める貴族に【スチュワート伯爵家のお茶会のお知らせ】が届いたのは家族会議からわずか三日後のことであった……。

王都から遠く、貴族社会において中堅どころのスチュワート伯爵家だが……四年ほど前から絹織物の質が劇的に向上し、売上も質と共にどんどん上がっている。

さらに国外にも販路を伸ばしたことにより、今や王国は【パレスの絹の国】と呼ばれている。

ある程度すれば類似品が出るものだが、徹底した情報管理なのか熟練の技術なのかパレスの絹の品質に追いつく製品は今のところなさそうだ。

つまりスチュワート伯爵家の財政はウハウハである。

この王国が買えるのではないかとまで噂されるほどである。あくまでも噂に過ぎないが。

そんなスチュワート伯爵家からのお茶会の知らせは瞬く間に広まり、長男ゲオルグだけでなく三兄弟全員の婚約者探しを目的にしております、と母親自らが明記したことも相まって参加希望者が膨れ上がった。

どうぞお友達もお誘い合わせの上……なんて書いてあるものだから、王国中の貴族から参加申し込みが殺到してしまった。

母メルサは、ほくほく顔で毎日届く参加希望の手紙を選別している。

「こんなにいるのだからきっと決まるわ！　うちの子達の結婚！」

このとき母は知らなかった。

その大量の手紙の中には、この国の王子と姫もいたことを。

三兄弟は知らなかった。

お茶会が一回どころでは済まないことを。

父レオナルドは思っていた。

子供達より前にまずは父の弟アーバンの嫁を探してほしいと。

◆　◆　◆

青い空。

白い雲。

爽やかな風がスチュワート伯爵家の庭に吹く。

第一回のお茶会は天候にも恵まれ、ガーデンパーティーである。

参加者は思い思いに着飾り、一族の今後の繁栄を期待されながら、スチュワート三兄弟の登場を今か今かと待っていた……。

長男ゲオルグは活動的で成人する前から狩りに出る剛の者。

次男ウィリアムは物心ついた頃から家業を手伝い、勤勉。

長女エマは体が弱く、おとなしい性格で優しい美少女。


これが大半の参加者たちの三兄弟の評価であった。

なぜならスチュワート伯爵家の治めるパレス領は辺境の地。

近辺の貴族でさえ、幼い三兄弟を見たことのある者は、ほぼいなかった。

父レオナルドの親バカフィルターを通して語られる子供達の話でしか情報がなかったのだ。

まさか勉強が嫌いな長男。

虫に夢中の長女。

次男に至っては長女のパシリとは知る由もない。


「皆様、ようこそスチュワート家のガーデンパーティーへ。どうぞ楽しんでいって下さい」

ありがちな……というよりは投げやりな、父レオナルドのおざなりな挨拶から始まり、三兄弟が紹介され、使用人たちが一斉に給仕に動き出す。

ゲオルグは慣れない服に、顔をしかめている。

近寄り難いけど、硬派でカッコいいと参加した令嬢が勘違いした。

エマは、ぽけっとした表情に見えないように口を結んでいる。

初めてのお茶会に緊張しているんだ、自分が守ってあげないと……と参加した令息の庇護欲をうっかり掻き立てた。

ウィリアムは……可愛い幼女ににっこりしている。

ただただ……美少年がいると参加した子供達の母親がざわついていた。

三者三様、よく分からない勘違いによって遠巻きに注目される。

そんな中、真っ直ぐ三人に近付いてくる少年が一人。

「ゲオルグ様お久しぶりです！」

参加者で唯一、三兄弟と交流のあるパレスの豪商の息子ヨシュアだ。

濃い茶色の髪と瞳でそばかすがキュートな十四歳である。

そこでやっと、ゲオルグに笑顔が戻る。

「久しぶりだな、ヨシュア！　知った顔があると安心するよ！」

そんなゲオルグを可笑しそうに笑いながら、ヨシュアは他の参加者から見れば馴れ馴れしく話し出す。

「面白いことしてると小耳にはさんだので、冷やかしに来ましたよ」

「誰も母様を止められなかったんだ」

神妙な顔のゲオルグの返事にヨシュアはぷっと噴き出した。

「ヨシュアさん！　私にスチュワート家の皆さんを紹介して頂けます？」

ヨシュアの後ろからややもっちりした少女が話しかける。

「おっと、これは失礼」

ヨシュアがもっちりした少女を真面目な顔を取り繕いながら紹介する。

「こちらは、マレー男爵の御息女、ユラリア様です。マレー男爵とはうちの父の仕事の関係で……」

ユラリアと呼ばれた少女がスカートの裾をちょっとつまみ、頭を下げ挨拶する。

「ヨシュア……?」

ゲオルグの笑顔が固まる。

「いやぁ可愛いでしょう？　ユラリア様！　ぜひゲオルグ様の婚約者にと思いましてね！」

ヨシュアの開始三秒の寝返りにゲオルグの笑顔が引きつる。

「あっあとウィリアム様……！　こちらは、ガーラント子爵の御息女でキャロライン様です！」

更にウィリアムより少し年上の赤毛の少女を紹介する。

「ヨシュア……」

ウィリアムの顔も引きつる。

商人は利益を優先する。豪商の血が流れるヨシュアに友情を期待しては痛い目を見る。

分かっているが、三兄弟の唯一の同じ年頃の友人なのだ。

「エマ様は僕とお話しいたしま……ってあれ？　エマ様は？」

エマはいなかった。

さして長くもない紹介に飽きたのか、立食形式のデザートが並ぶ机のケーキを目指し、ふらふら歩いて行った挙げ句、数人の参加者に囲まれてしまっていた。

「エマさん！　僕はモンス伯爵の長男のクリスです！　噂どおり可愛い方ですね！」

「エマさん、私はジューク侯爵家のグレンです。君！　エマさんはおとなしい性格だと聞く、そんな大きな声で話しては驚くだろう？」

ワイワイ、エマを巡ってのちょっとした牽制すら始まっている。

「すごい……。エマ姉様がモテてる」

「いやいや……なに悠長なことを言っているんですか！　早く助けないと！」

顔色を変え、急に余裕をなくしたヨシュアが二人に助けを求める。

流石に商人の息子が伯爵、侯爵を相手にするわけにはいかない。

「助けに行くって……別に困ってないだろ？　エマは？」

「ちゃんと話できてるよ姉様」

ヨシュアは何故かあのエマに淡い恋心を抱いている。

もちろん、ゲオルグもウィリアムも知っているが、さっきの寝返りが効いていて少しいじわるする。

「てか、なんでエマ様は普通に話せてるの！　いつもなら虫以外の話なんか、ガン無視なのに！」

ヨシュアは、今日この日のために大量の虫知識を詰め込んで参戦していた。

全ては、虫以外に何ら興味関心を示さないエマのためだ。

しかしながら、エマは前世の記憶を思い出したことにより、ある程度の常識を身に付けていた。

虫以外の会話も普通にできるようになっていたのだ。

ヨシュア、まさかの誤算である。

ゲオルグとウィリアムは初めて見るヨシュアの焦った姿に顔を見合わせて笑っている。

普通に他人と会話できるようになっていた……がエマというか港は困ってはいた。

相手は全員小～中学生……。

一方、こちらの中身は三十五歳なので、はっきり言って子守り気分である。

婚約者として見るにはちょっと微妙な気持ちになる。

さらにはウィリアムが少女と話しているのに一抹の不安を覚える。

ぺぇ太……ロリ好きだったけど、あれ大丈夫なのか？

「エマさん！　スチュワート伯爵家の庭は、なにやら珍しい植物が多いですね」

「そうなのですか？」

「はい！　僕が見たところ東の方の植物ではないでしょうか？」

「お詳しいのですね」

「我が男爵家は植物の輸入販売を生業としておりまして！　僕も手伝いをしているので知らず知らず覚えてしまうのです！」

「それは凄いですね！」

「いえいえ！　それほどでもありませんが……」

「ふふふ」

「！」

にっこりとエマが笑うと必死で会話していた少年は頬を染めて黙る。

「ああ！　エマさん！　パレス領は随分暖かいのですね！」

少年が黙った隙にまた別の少年が話しかける。

「そうなのですか？」

そう言ってエマが首を傾げる。

「かっ可愛い！」

思わず少年が呟く。

「ふふふ」

エマがにっこりと笑う。

そんな様子を、ヨシュアは自分が紹介した筈の令嬢そっちのけでゲオルグとウィリアムを巻き込んで遠巻きに見ている。

「何故だ、エマ様！　いつもなら虫を見るときにしか見せない天使スマイルをあんな初対面のボンボンに振り撒くなんて！」

ギリギリとゲオルグの腕を掴みながらヨシュアが嘆いている。

「ヨシュア……地味に痛い」

「ゲオルグ様、良いのですか！　あの男爵の息子など二分半もエマ様の正面に立っていますよ！」

「お、おう」

「しかも、あの侯爵の息子はエマ様から二十センチの右隣に！　近すぎます！」

「お、おう」

「ああっ僕も虫を見るような目で見られたい！」

「ヨシュア……。ちょっと黙ろうよ」

　いつも冷静沈着なヨシュアがエマの変化に焦り、余裕をなくし、おかしな発言まで飛び出している。

　前世の記憶を思い出す前のエマなら誰とも話さず、話しかけてくる少年をいない者のように扱い、その場にしゃがみこんでじっと蟻の行列を見ていた筈である。

　そんなエマにヨシュアは、なんで蟻は迷子にならないか知っていますか？　とか蟻はどれくらい重たいものを運べるか知っていますか？　とか話しかければいいと思っていたのだ。

　あんなエマをヨシュアは知らない。

　近づくことすらままならない……。

「ヨシュア……あそこの本を抱えている女の子、紹介してくれたら姉様を助ける方法教えてあげるよ？」

　ウィリアムがちょっと悪い顔でヨシュアに話しかけた。

　こんな悪い顔をしたウィリアムもヨシュアは知らなかった。

　どんなにウィリアムが悪い顔をしていようともヨシュアは迷うことなく分厚い本を抱えた女の子

を紹介した。

本日のお茶会参加者の中で最年少、六歳のマリーナ嬢は前世では見たことのない桃色の髪と瞳の少女であった。

「なんの本持ってるの？」

ウィリアムが話しかけると、物怖じしない性格なのかハキハキと女の子は答えている。

「これはね、魔法使いの本なのですよ。ウィリアム様は魔法使いに会ったことありますか？」

王都で人気の魔法使いのシリーズの一冊らしい。

「魔法使い？　知り合いにはいないないなぁ……。どんな内容？」

「あのね、あのね」

女の子は好きな本の話に夢中である。

「あの……。ウィリアム様、早いとこ教えてもらえませんか？」

一刻も早くエマを令息たちから引き離したいヨシュアは気が気ではない。

なんとも幸せそうなウィリアムの袖を引っ張って、視線を自分の方へ半ば強引に向ける。

「ああ……。あっそうだ！　マリーナ嬢、ケーキはいかが？　うちのケーキは絶品なんだよ！」

「ケーキですか？　わたしはチョコレートの味が好きです！」

「ヨシュア……ちょっとケーキを取りに行って来てもらってもいいかな？」

「え？？　いやいや……ウィリアム様、ケーキよりももっと大事な話があるでしょう！」

「一番大きい皿に全種類、盛ってきてね～」

「……」

ウィリアムがヨシュアにウィンクするのを見て合点がいったゲオルグが、自分も手伝うと一緒にケーキのある机に向かう。

その頃、エマはお腹が空いていた。

ただただ、ケーキが食べたかった。

じりじりと数ミリ単位でケーキの方へ移動しているが、入れ替わり立ち替わり話しかけられるために未だに辿り着けないでいる。

令息達との会話を早々に終わらせて、心ゆくままにケーキを食べたいのだが、何せ、今日のお茶会での会話内容は母に制限されている。

エマに許されたのは、はい or いいえと挨拶と相槌のみである。

間違っても虫の話はするな、食べ物にがっつくなと目だけが笑ってない笑顔で母に言い含められている。

困ったら、にっこり笑って誤魔化しなさいと……。

しかし、にっこり笑う度に人が増えているような気がしてならない。

「エマさまはあまり宝飾品をつけておられませんね！　お誕生日はいつですか？　私にプレゼントさせて下さい！」

「ふふふ」

前世の友達の子供くらいの少年達に囲まれ、確かにモテてはいる。

港（大人）の発想で、この子達も親に色々言われて頑張って喋らないといけないんだろうなぁ……

なんて思っていると、大量のケーキが目の前を移動してゆく。

ヨシュアとゲオルグが両手にケーキを盛った皿を運んでいた。

ヨシュアが不安そうな顔で、こちらを見ている。

……ヨシュアはゲオルグ兄様と違って貧弱だからケーキが重たいのかな？

あれだけの量のケーキを持って行くなんてヨシュア……甘いものそんな好きだったっけ？

しかも、お皿に全種類揃ってる！

「ヨシュア！　ケーキ重たそうね！　半分持つわ！　（だから一口ずつ頂戴ね）」

こうしてヨシュア念願の天使スマイルと共にエマはヨシュアと並んでウィリアムの机に向かった。

「ああっエマさん……」

「誰だあの男は！」

「貴族じゃないよな」

「良いとこだったのに……」

天使のスマイルと引き換えに数人の敵を作ることになったが……。それはまた別の話。

◆　◆　◆

ヨシュアとゲオルグがケーキを持って戻ると、ウィリアムと幼女が楽し気に話をしていた。

「マリーナ嬢は魔法使いになりたいの？」

「はい。私は魔法で空を飛んでみたいのです！」

周囲から見れば、それはそれは微笑ましい光景であるが……港フィルターを通して視てしまうと髭面アフロの小汚いおっさんが幼女と談笑している錯覚に陥る。

あいつ……捕まらないか？　お巡りさんこっちです！

「ぺぇ太……」

思わず前世の名前で呼ぶ。お姉ちゃん見てられないよ。

「ああ！　エマさま！」

こちらに気付いたマリーナ嬢がちょこんと可愛く礼をする。

どうしよう。とても可愛い子だ。ぺぇ太への蔑みの視線を抑えることができない。

「マリーナさん、私とケーキを食べませんか？」

マリーナ嬢をそっと、ぺぇ太から離す。

ヨシュアがチョコのケーキをマリーナ嬢に薦める。

「美味しいです！　凄くいいチョコ使ってます！」

味の分かるマリーナ嬢としばらく美味しくケーキを食べながら、ウィリアムが粗相してないかやんわりと訊いてみる。

「ウィリアム様とはこの本の話をしていたんですよ。魔法使いの話ですよ」

そう言って見せてくれたのは、六歳児が読むには少々分厚い本。

大魔法使いコニーの記録、である。

この国で一番有名な歴史人物の伝記で、大魔法使いのコニー・ムウが東の未開の地へドラゴンを倒しに行く話。

そう……伝記。

異世界転生の醍醐味、剣と魔法の世界である。

剣と魔法の世界ではあるが……。魔法が使えるのは極々少数で一国に一人いるかいないか。

ここまで希少だといないも同然。

代々のスチュワート伯爵家にもいたことはない。

それならば、転生チートが働くのではと試行錯誤してみたが、魔力的な何かなんて全く感じることはなかった。

お馴染みのファイヤーボールや憧れのかめ◯め波を叫んだりもしたが、無反応。

羞恥心に苛まれただけだった。

「王国は、ここ三十年間、魔法使いがいませんが、そろそろ現れそうだって噂がありますよ」

ヨシュアは父親の商いの手伝いで国中を回るので、いろいろな噂を知っている。

「本当ですか？」

マリーナ嬢が早速、話に食い付く。

「ええ。最近、魔物の動きが活発で出現も多いために狩人が足りず、騎士の派遣を要請する辺境領主が増えているそうです。魔物が活発ということは大気中の魔力が濃くなっている可能性が高いので、突然変異が起こると期待されているのだと思います」

この世界の魔法使いは生まれながらになるのではなく、厳しい修行を経て手に入れるのでもなく、魔法使いに突然変異するのだ。

数十年に一人、一国に現れるかどうかの希少な存在。

三兄弟の暮らす王国だけに限らず、魔法使いの確保は全ての国が望んでいる。

「確かに最近は魔物の数が多い気がする。うちの領は狩人の数も多いし、質も良いから問題ないけど、他の辺境の領地は大変かもな」

兄ゲオルグは、魔物狩りの同行を許されている。

魔物狩りは国から辺境の領主が義務付けられた仕事で、魔物を文字通り狩るのだ。


古来王国は、魔法使いの結界によって魔物の侵入を防いでいる。

しかし、結界の強度には【ゆらぎ】がある。

魔物達はそれによってできた結界の弱い部分から、侵入して来ると考えられている。

結界の【ゆらぎ】に規則性はなく、結界の外側に面した辺境の領主が魔物の侵入を防がなければならない。所謂、国境警備隊である。ただ、敵は人間ではなく魔物だが。

結界の効果は時が経つ程に弱まり、【ゆらぎ】の頻度が増える。

魔法使いが現れなければ、結界を新しく張り直すどころか、修復も強化もできない。

魔法使いが長らく不在の王国では、魔物の出現は年を追うごとに増えていた。

強い魔物ほど結界を抜けるのは難しいとされているが、ここ十年は強い魔物も結界を抜け、侵入して来たという報告も多い。

魔物を倒すのに魔法の使えない人間は、今のところ物理でガチンコ勝負するしかない。

「やっぱり、今すぐにでも魔法使いに現れてほしいです」

マリーナ嬢が不安そうに俯く。

辺境の領にいるからこそ、子供ですら魔物の脅威は無視できない。

特にパレスは結界の境に面する範囲が王国で一番広く、辺境中の辺境の地なのだ。

「まあ、うちの領にいるあいだは俺が守ってやるから大丈夫だよ、マリーナ嬢」

ゲオルグがマリーナ嬢の頭をポンポンしながら優しく言う。

「ゲオルグ様、カッコいいです！」

「あんちゃん……」

顔を上げたマリーナ嬢の目がハートになっている。

ウィリアムが恨めしげにゲオルグを見る。

そういえば、昔から兄は子供にモテていたなと思い出す。

マリーナ嬢を一瞬にして攻略したゲオルグに前世の航の姿が重なる。

肩を落とすウィリアムにだけ聞こえる声でエマが慰める。

「……前世なら魔法使いだったのに、残念だったね、ぺぇ太」

いや、慰めてない。傷をこの上なく深く、抉りまくっていた。

第六話　野良猫。

お茶会から二日経(た)ち、スチュワート伯爵家(はくしゃくけ)にいつも通りの日常が訪(おとず)れていた。

人当たりが良く温厚(おんこう)な一家だが、貴族の社交場に積極的には参加していなかったために、屋敷(やしき)にあれだけの人を招くことは珍(めずら)しかった。

なんとか母親からお茶会対応の及第点(きゅうだいてん)をもらい、三兄弟はエマの小屋で日課の蚕の世話に精を出す。

「お蚕様……そろそろ餌(えさ)の種類、変えてみようかな?」

繭(まゆ)を纏(まと)う前のでかい幼虫の様子を観察しながらエマが呟(つぶや)く。

「エマ、今度は何を考えている?」

ゲオルグが区切られた区画の中にでかい幼虫を一匹(ぴき)ずつ入れながら訊(き)く。

「うーん、もし餌で繭の着色ができたら素敵(すてき)かな?　って思わない?」

パレスの絹糸の製造工程において着色工程は改良の余地がある。

パレスの水は染色に向かないため、他領からわざわざ水を買って使用しているが、大量に使うので、水と輸送にかかる費用が嵩(かさ)んでしまう。

「染色剤(せんしょくざい)の改良じゃなくてこっちを変えるって発想がエマらしいな」

ゲオルグが苦笑(くしょう)する。前世の記憶(きおく)を思い出したことによりコミュニケーションが取りやすくなった妹だが、虫への愛と柔軟(じゅうなん)な発想は変わってない。

「そんなことより、ゲオルグ兄様……マリーナ嬢と文通しているそうですね」

ウィリアムがでかい幼虫の重さを測りながら恨めしげに兄を睨む。

「いやいや……手紙が来たから返しただけ。マリーナ嬢だけじゃなくて来た分はみんな返信しろってお母様に言われたからね」

「さすがはお兄様、（子供に）モテモテですね。ウィリアム……死んでも変わらない幼女趣味マジキモい」

「姉様、ひどい！」

ウィリアムが嘆くが……実際、変わってないので反論できない。

「あのね、マリーナ嬢の見た目、気にならなかった？」

「ええ。凄く可愛いロリータだったわね」

エマの蔑みの目は止まるところを知らない。

「……っ！　違うよ！　あんなピンクの髪と目は滅多にないし、あの完璧なる縦巻きロールの髪型！」

ん？　縦ロール？

「もし乙女ゲームの世界に転生していたとしたら……あの子、将来悪役令嬢になるんじゃないかって！」

確かに転生ものの読み物で、縦巻きロールは悪役令嬢によく似合う髪型だったな……。でも……。

「あの子いい子だったから違うんじゃないか？」

エマもゲオルグと同意見である。

「まあ……なんにせよ家族で揃って転生して、揃ってなんの知識も役に立ってないのだから、理由とか考えるだけ無駄だろ？」

田中家には、全くチート要素がない。

今のところ、エマが家族以外でも会話が成立するようになった事しか思い当たる利点がない。

「何が起こるか分からないなら、やっぱ地道にできることやるしかないよね」

そう言って餌の配合を考える。エマは趣味と仕事が同じで幸せだと思う。

今みたいに好きなことが明確にあり、それをする財力と才能があるのは贅沢だ。

チートがなくても平和に暮らせるなら、それで良い。

「あ、そういえば……ゲオルグ兄様、猫見つかった？」

「ああ……猫なー……」

田中家は猫をこよなく愛する一家だが、この転生後の世界は動物の数も種類も少ない。

魔物がいることにより大半は淘汰されてしまったのだ。

身近にいる動物は昔から人間の交通手段として飼われてきた馬と、狩人の猟犬として働く犬くらいで、牛、豚、鶏の食糧用の家畜は臭いで魔物が寄って来るかもしれないからと、辺境の領地での畜産は避けられてきた。

エマの大好きな虫は魔物から身を守るため独自の進化を遂げ、魔物のいる結界の向こう側でも元気に生息している。

「猫……いることはいるが……値段がな……」

猫も昔からネズミ捕りとして飼われていたらしいが、百年ほど前に猫の伝染病が流行り、個体数が激減、今現在もその数は少ないままだ。

ここではペットは贅沢品で、その中でも猫は個体数の少なさから、希少価値で頂点に君臨している。

しかし、田中家は猫をこよなく愛する一家なのである。

そして田中家一の猫好き、父レオナルドの誕生日が来月に迫っている。

三兄弟はなんとしてもプレゼントしたいのだった。

父のためだけでなく、なんとしても猫を手に入れたい。

あの素晴らしい、もふもふの日々をもう一度。

◆　◆　◆

「相変わらず……でかいな……」

猫のため、三兄弟はヨシュアの家を訪ねた。

パレス領どころか王国で一番の豪商の屋敷は、領主のスチュワート家なんて足許にも及ばない程の豪邸だ。

通された応接室はヨシュア専用の屋敷の中にあり、出された紅茶は王室御用達のロイヤルマークがついていた。

「お待たせしました！　エマ様！」

意気揚々とヨシュアが入ってきて、エマの隣にちゃっかり座る。

「ヨシュア。この紅茶、美味しい」

「それは良かった！　お土産に用意しておきますね」

エマは既に三杯目の紅茶に口をつけて笑うと、ヨシュアがニコニコとメイドに土産の準備をと指図する。

「ヨシュア。今日はお願いがあって来たの」

エマが隣に座るヨシュアをじっと見つめる。

「引き受けました！」

お任せ下さいと、いい笑顔でヨシュアが即答した。

「まだ、内容聞いてないでしょう？」

「エマ様からのお願いを、僕が断るわけがないじゃないですか！」

エマのお願いなんてヨシュアにとってはご褒美である。

先日のお茶会でのエマのモテ様を見て、時間をかけて口説くとかみみっちいことしてられないと悟ったばかりなのだ。

「……猫、ですか？」

エマのお願いを一通り聞いて、ヨシュアが驚く。

「え？　エマ様、猫好きだったんですか？　……プップレゼントしますよ！　何匹いりますか？」

「あの、ヨシュア……俺達がお願いしたのは……猫を取り扱っている商人を紹介してほしいってことで……」

ゲオルグがやや呆れながら突っ込みを入れる。

まさか自分の父親の誕生日プレゼントをヨシュアに買ってもらうわけにはいかない。

「しかし……猫は一匹で家が買えると揶揄される贅沢品ですよ？」

「ううっ」

王国一の豪商の息子であるヨシュアなら買えるが、三兄弟には無理だ。

三兄弟はお小遣い制ではなく、欲しいものがあれば申告する制度のため、言えば父は買ってくれるだろうし、喜んでくれるだろうが流石になんか違う。

「パレス領内にはそもそも、動物を取り扱っている店がないので、連絡やら輸送やら考えると結構時間もかかりますよ？」

「うううっ！」

現実は厳しい。

田舎の辺境領地に、猫どころかペットを飼おうなどという発想は人々にはない。

ペットを飼うなんて贅沢は、ご飯の心配も、魔物の心配も、お金の心配もない結界中心部の領地を持つ貴族でないと難しい。

「前（世）なら野良猫拾ってくるとかできたのに……」

エマが前世を懐かしむ。特に実家は、ド田舎だったので野良猫もいたし、気づいたらうちの子になっていたりした。

同じ田舎なのに、世界が違うと猫すらままならない。

こちらの猫不足は、スチュワート家にとって深刻な問題だ。

猫のいない世界なんて、タピオカとミルクティーの入ってないタピオカミルクティーだ。

つまり、何もないのと一緒だ。

「野良……猫……ああっ！　噂を聞いたことがありますよ」

ヨシュアが、そういえば……と話し始める。

「数年前からスカイト領で猫の目撃情報が相次いで寄せられているらしく、どこかの屋敷の脱走猫でもないようで、飼い主はおらず、群れで魔物を狩って移動している、という話でした」

「猫が魔物を？　……でも、猫は高価だから誰かしら捕まえようとしないのかな？」

一匹で家一軒買える猫が放っておかれる訳がない。

金を掘り当てるより、ギャンブルで一人勝ちするより稼げそうだ。

「それがその猫達は特別でっかくて、すばしっこくて誰にも捕まえられなかったみたいです。一攫千金を夢見た者たちが、ことごとく失敗しているのだとか」

まあ、魔物を狩れるほどの猫なら人間に捕まらずにいることもできるだろう。

「でっかい……猫」

エマの目が光る。でっかい猫……なんて素敵な響きなんだ……。

モフりたい。

「スカイト領……は、さすがに会いに行くには遠いよ？　姉様」

ウィリアムがエマの目をみて釘（くぎ）を刺（さ）す。

魔物を求めて猫が移動したとしても、パレスまでは距離（きょり）があり過ぎる。

仕方なく今日のところは、ヨシュアの家に猫カタログを取り寄せてもらうよう頼（たの）み、家路につくことになった。

帰りの馬車に揺（ゆ）られながら、三人で金策を話し合うがなかなか良い案は出なかった。

第七話　コーメイさん。

その夜のこと、エマは港だった頃の夢を見た。
日中ずっと猫の事ばかり考えていたからか、幼い頃の大切な猫の夢を。

港が子供時代に飼っていたのは三毛猫のコーメイさんだ。

兄と同い年で、港とぺぇ太にとっては年上の猫。

港達が小学校から帰ると必ず家の門柱の上に寝そべって迎えてくれる。

ただいまーと声をかけると片耳だけをピクッと動かして挨拶。あとはガン無視。

ただ、学校でケンカしたり、辛い事があった時だけはそれが分かるのか、にゃーと一言添えてくれた。

そうだ、この頃、辛いときはいつもコーメイさんがいた。

家の中で飼うのは禁止だったから庭に出て、コーメイさんがスヤスヤ眠っている横でグズグズ泣いていた。

港は学校が嫌いだった。今思うと、虐められていたわけでも友達がいなかったわけでもないが本当に嫌いだった。

色んなものが怖かった。

学校の遊具も休み時間にするドッジボールも登下校の道中にいるラブラドールレトリーバーのラ

ブもみんな怖かった。

普通の子達が簡単に楽しそうにしていること全てに恐怖を感じ、全て上手くできなかった。


夢の中で小さな港はやっぱりグズグズ泣いていた。

でも、泣いていたのは庭ではないし、隣にコーメイさんもいない。

危ないからと入るのを禁止されている森の中で一人泣いていた。

そうだ……思い出した。

この日は学校帰りに、いつもは繋がれていたラブが抜け出して、港の方に走って来たのだ。

犬自体は多分、港に遊んでーっと興奮気味にアクティブに絡んできただけだったのに、港は半狂乱で逃げまくった。

しかも、ど田舎過ぎて道々、誰にも会わず助けてもらえなかった。

逃げて、逃げて、たまに捕まって飛びかかられ、また逃げて、森に入ったところでやっと犬は追いかけて来なくなった。

そこからずっと怖くて動けなくなってグズグズ泣いていたが、だんだんと暗くなってきた。

森に入る光がどんどん少なくなり、それでも怖くて動けなかった。

森から出たらまた犬に追いかけられるかも、というかもう暗くなってきた森自体が既に怖い。

帰り方も分からない。

夢中で森の中を走って逃げたので、今いる場所がどこなのか、出口の方向すらも分からなくなっていた。
怖くて、怖くて、足に力が入らない。
涙がポロポロ溢れて視界もぐにゃぐにゃ歪んでしまう。
グズグズ、グズグズ、泣くことしかできなかった。
不安で怖くてグズグズ、グズグズ、そんな時。
アーオ
アーオ
猫の、鳴き声がした。
アーオ
アーオ
まるで仔猫を捜す母猫の鳴き方で……。
段々とその鳴き声が近づいてくる。
犬ならその気配だけで震えあがるが、猫は大好きだ。
それに、この声は……。
「にゃー」
近くで鳴き声がして、グズグズ泣いていた顔を上げると……。
目の前に三毛猫のコーメイさんがいた。
「……コーメイさん？」

「にゃー！」

「迎えに、来て……くれたの？」

「にゃー！」

いつもは抱っこするのも嫌がるコーメイさんが座っている港の膝に乗り、ぐしゃぐしゃの顔を舐めてくれる……。

ざりざり。ざりざり。

猫の舌はザラザラしていてちょっと痛かったけど、ふふふっと思わず笑ってしまう。

猫は大好きだ。コーメイさんは超好きだ。

「コーメイさん、お迎えありがとう」

不安で、怖くて仕方のなかった港に笑顔と元気が戻ってきた気がした。

「にゃーん」

港から離れ、コーメイさんが歩き出す。

付いておいで……と言わんばかりに、少し進んで、後ろの港を確認して、また少し進む。

さっきまであんなに怖くて動けなかったのに、不思議ともう大丈夫だ。

涙を拭いて立ち上がり、コーメイさんの後に続く。

迷うことなくコーメイさんは森を抜け、港の知っている道に出た。

森に入るまでずっと追いかけて来ていた犬もいなかった。

薄暗くなった道もコーメイさんと歩けば怖くない。

無事に家に帰ると、母が今日は遅かったね、とそれだけで。

あんなに怖い思いをしたのに、ちょっとした冒険の終わりのような気持ちになっていたのに拍子抜けした。

その日の夕食で兄、航から衝撃的な事実を知らされる。

「今日……コーメイさんがラブラドールのラブとケンカしてたよ」

「「「ええ⁉」」」

家族全員が驚き、声を上げる。普通の三毛猫のコーメイさんとラブラドールレトリーバーのラブ。

体格差だけでも、相当な差がある。

「コーメイさん大丈夫なの？」

ぺぇ太が心配して、航に尋ねる。

それが……と、航が神妙な顔で答える。

「コーメイさん……ラブに圧勝してた……」

ラブは文字通り尻尾を巻いて逃げたらしい。

「「「えぇーーー！」」」

また家族全員が声を上げる。

「確かに、コーメイさんはこの辺のボス猫だけど……」

「ラブは飼い犬で……コーメイは半野良育ちみたいなものだけど……」

「コーメイさんすげー‼」

家族が口々に驚きと称賛の声を上げる中、港だけはふふふっと、心の中で笑う。

コーメイさん私の敵、取ってくれてたんだ……と。

その後、コーメイさんだけでなく港までラブに会うと、ラブの方から尻尾を巻いて逃げるようになったのは余談である。

◆◆◆

アーオ
アーオ
草木も眠る丑三つ時。ふと、目が覚めた。
アーオ
アーオ
コーメイさん？
ぼーっとした頭で考える。
アーオ
アーオ
そんな筈はない。
コーメイさんは港が高校最後の年に死んでしまったのだから。

だから、この鳴き声はコーメイさんではない他(ほか)の猫の声。

他の……猫？

そこでガバッと起き上がる。

この領で……いやこの国で外から猫の鳴き声が聞こえるなんて、あり得ない。

急いで部屋を出ると同時に、奥(おく)と手前の扉(とびら)が二つ開いた。

「姉様！」

「エマ！」

ゲオルグとウィリアムである。二人にも猫の鳴き声が聞こえたようだ。

何だか居ても立ってても居られない。

アーオ
アーオ
私が呼ばれている。私を探している。

夢のせいか、そんな気がしてならない。

迷わず外へと走り出す。

「あっこらエマ！」

「姉様！」

腐(くさ)っても伯爵令嬢(はくしゃくれいじょう)のエマは一人での外出は禁止されている。

出ても良いのはせいぜい庭までだ。

それは伯爵令息のゲオルグもウィリアムも同じで、使用人か護衛付きでないと父の許可は下りない。ここは辺境の領、魔物が出ないとは限らないのだ。

深夜に無断で外出など以ての外である。

表の玄関の門はエマ一人では重くて開けられないので、裏口から外へ出る。

エマの小屋の横を走って通り過ぎる瞬間、わしっと頭に変な感覚が落ちてきた。

止まることすらもどかしく、走りながら手に取れば、頭に乗っていたのはお気に入りの紫色の蜘蛛だった。

「君……脱出できるんだね」

蜘蛛はエマが寝込んでいる間に共食いだけでなく、蚕の巨大化用の餌まで食べていたのか、エマの両手に乗りきらない大きさにまで成長している。

「しっかり掴まっておくのよ」

蜘蛛を頭に戻し、猫の声が聞こえる方へそのまま走る。

「うわっ兄様！　エマ姉様が頭に蜘蛛を乗せて走ってるよ！」

「アイツ……ナウ◯カかよ」

本日のエマの寝衣は青き衣のワンピースだった。

蚕のでかい幼虫じゃないだけマシか……とゲオルグが呟いている間に、どんどんエマとの差が開いていく。

「姉様、足っはやっ！」

エマの失態は兄と弟の失態。

エマを一人で外に出したとなると父に叱られてしまう。

魔物の事を除けば、パレス領は比較的治安は良い方だが、夜中に子供が歩いて何事もなく帰れるとは思えない。

ゲオルグは寝衣のまま愛用の剣だけ持って追いかける。

「港の千倍は速いぞ！」

「港が入ってマシになったと思ったんだがな……」

ぐっと剣を握り直し、必死に追いかける。魔物は何匹も斬ったが、人はまだ斬ったことはない。

アーオ
アーオ

猫の鳴き声は続く。

それに急かされるようにエマの走るスピードが更に上がる。

女の子の、どころか人の出せる速度ではない。

この走りが港の時にあればもっと楽にラブから逃げられたのに……。


やがて、屋敷から数キロ離れた町に着く。

それでもエマのスピードは落ちない。

とっくにゲオルグとウィリアムは振り切っている。

エマが立ち寄ったこともない、酒場が多い通りに出るとチラホラと人影が見えてきた。

翌日は週に一度の休息日。しこたま酔っぱらった男達がエマを見つける。

「んー？　お嬢ちゃんこんな時間に何し……」

バビュンっと男が言い終わる前に走り去る。

「っ！　はやっ！　なんだあれ？」

「おっおい！　捕まえろー！」

男達がエマの行く先にいた、他の酔っぱらいに怒鳴る。

なんだ、なんだと酔っぱらい達がエマを捕まえにかかるが、バビュンと、あれ？　人かな？　と、疑いたくなるような速さで去って行く。

「こうなったら一列に並べ！　絶対に捕まえるぞ！」

酔っぱらいがムキになって叫び、道を塞ぐために一列になるが、ばっと男達の顔目掛けて蜘蛛が紫色に光る糸を放つ。

視界が遮られ、男達が糸を取ろうともがいているうちに、エマがピョーンと男達を軽く飛び越える。

「「「はぁー!?」」」

深夜まで飲み明かす屈強な男達である。

揃って背が高い男達を軽々と飛び越える少女。

二メートルを超える大ジャンプ。

「「「はぁー!?」」」

その頭には引くほどでかい蜘蛛が乗っている。

「「「はぁー!?」」」

いとも簡単に突破(とっぱ)された男達は飲み過ぎたことを反省し、きっと夢でも見ていたんだと自らを疑い始める。

紫色の蜘蛛の糸がキラキラと顔に巻かれた男達でさえ夢だと、それほど信じがたい状況(じょうきょう)であった。

これ以上酔っぱらってはいけないと口々に言い合い、男達は家路に就(つ)くことにした。

第八話　ピンチにパンチ。

エマの足は、町の中心にある大きな公園に向かっていた。

この公園は自然公園でかなり広い。エマも虫の採集で、何度か来たことがある。

自分の部屋で猫の鳴き声が聞こえた時は、こんなに遠くまで来るとは思っていなかったし、来られるとも思っていなかった。

途中、酔っぱらいに絡まれそうになった時の大ジャンプも、ちゃんとおかしいと頭の隅では認識していた。それでも足を止めることがなかったのは今でも続く猫の鳴き声のせいだった。

一番気になる事以外は全て後回し。

生まれ持った強烈過ぎるエマの性質は、転生を認識した港が入った今でも抑えられなかった。

仕組みは分からないがエマも港も違和感なく、一つの人格となっている。

アーオ
アーオ
猫が呼んでいる。

公園に入るとまた、人影が見えてきた。

さっきの酔っぱらいなんて比ではないくらいの人数だ。

「何処に行った！」

「探せ、灯りを増やせ！」

口々に何か探している男達を横目にまたバビュンと走り抜ける。

男達は魔物狩りに行く父や兄のような装備だが、狩人達は所謂、領に雇われた公務員で公園にいる男達のような粗暴な感じではない。

パレス領の狩人達の身なりはしっかり整っている。

エマは虫採集の時にお世話になっているので、パレス領の狩人達なら大体の顔は覚えている。

なら、この男たちは、他領から来た賞金稼ぎか？　チンピラか？

なるべく関わらずに通り過ぎよう。

「なんだ！　今の！」

走り抜けたエマの後ろから男達が驚きの声を上げる。

「猫か？」

「みつけたか⁉」

「いや？　あれは……？　おんな……のこ？」

「は？　速すぎだろ？」

どうやら男達の目的も猫のようだ。

なにせこの世界、猫一匹と家一軒の値段が同じなのだ。

男たちが手に入れようと躍起になるのも分かる。

だが、エマは走りながら首を捻る。

なぜ男達は猫を探しているの？　あそこにいるのに。

エマには確実に猫のいる場所が分かる。

猫の鳴き声がずっと、エマを呼んでいる。

こんな近くまで来て、なぜ探すのか？　姿は見えないけど、確実にあそこにいるのに。

あと少し。

百メートルもない。

もっと速くと、足に力を込めたタイミングで何かに足を取られ、勢いがついたまま、ビタンッと前に倒れ込む。

「いっ！　っった……くない？」

倒れる瞬間に蜘蛛が糸を放ち、クッションになったようだ。

トップスピードから転けたが、お陰で無傷だった。

足を確認すると何かが巻き付いている。

巻き付いている先を辿れば、賞金稼ぎの男の手が見えた。

鞭？

男の持った鞭の先が足に巻き付いていた。

「何するんですか！」

危ないじゃないかと叫ぶが、叫ぶより逃げるべきだったと直ぐに気付く……。

足の鞭を解く前に、無数の男達に囲まれてしまった。

「お嬢ちゃん、こんな夜中にかけっこかい？」

嫌な笑みを浮かべ、男達が更にゾロゾロと集まってくる。

逃げる隙も、逃がしてくれそうな雰囲気もない。

「あ……えっと……」

夢中になって周りが見えず、後悔や反省をすることは多いが、今回は洒落にならない。

ちょっと……？　いや、大分、危険な予感がする。

せめて蜘蛛だけでも助けたいと頭に手をやるが、いない。

倒れた時の衝撃で、落ちたのかもしれない。

「頭ぁー！　結構、上玉ですぜ？」

「着てるもんも上等な絹じゃないか？」

エマの服を触ろうと男が一人近付いてくる。

「触らないで下さい！」

思わず、伸ばされた手をパチンっと叩いてしまった。

「イテッ！　てめぇ優しくしてれば調子に乗りやがって！」

叩かれた男が逆上し、手を上げる。

殴られるっと、咄嗟に目を瞑り、両手で頭を守り衝撃に備える、が、何も起こらない。

「？」

伏せたままのエマの耳にブゥゥンと風を切る音と、その後にドサッと落ちる音がした。

音はするが、エマには何の衝撃もない。

「うわっ」
「なんだ！」
男達の焦（あせ）った声が聞こえる。
ブゥゥン
ドサッ
「うわっ！」
「げっ！」
ブゥゥン
ドサッ
恐（おそ）る、恐る、顔を上げる……。

ブゥゥン
それは、男が一人吹（ふ）っ飛んで……。
ドサッ
落ちた……音だった。

第九話　深夜だよ！　全員集合！

端（はし）から順に、男達（たち）が次々と吹（ふ）っ飛んでゆく。

何かが、いた。

真っ黒な何かが男達を吹っ飛ばしている。

男達の持っていたランタンの明るさでは、何が起きているのか全貌（ぜんぼう）を捉（とら）えることができない。

その頼（たよ）りのランタンですら、男達が倒（たお）されるのと同じ数だけ、一つ、また一つと減ってゆく。

そしてとうとう、何人も何人もいた男達の最後の一人が……。

ブゥン
と吹っ飛んで……。

ドサッ……と、落ちた。

最後の男が持っていた最後のランタンの灯（あか）りも消え、辺りは暗闇（くらやみ）に包まれた。

アーオ
今までで一番近く、エマの真後ろから、猫（ねこ）の声が聞こえる。

何故（なぜ）か、確信していた。

ずっと、猫は私を呼んでいたと。

くるりと振（ふ）り向けば、大きな金色に光る両の目が此方（こちら）を真（ま）っ直（す）ぐ見つめている。

もう一度だけ……と、何度願ったか。

何度求めたか。

目の前の金色に光る目を。

頭ではそんな筈はない……と冷静な部分もある。

でも、それでも、自分の感覚、感情、期待を優先し、金色の目に尋ねる。

「……コーメイ……さん？」

コーメイさんは港が高校最後の年に死んだ。

あの時はおかしくなるくらい沢山泣いた。

苦しくて、痛みすら伴う喪失感。

ペットロスなんて言葉、あの頃には浸透していなかったけど、あんな言葉では表現できないくらいの悲しみが港を襲った。

誰よりも分かっている。

あの痛みは、あの悲しみは今でも不意に港を動けなくしてしまう。

でも目の前の金色の目はコーメイさんの目だ。

大好きな、間違えようもないコーメイさんの。

「にゃー」

あの日のように、金色の目が応える。

こんな奇跡あるのだろうか。

「本当に、コーメイさん？」

もう一度、夢じゃないと言ってほしくて金色の目に尋ねる。

「にゃー」

もう一度、金色の目が応える。

両の頬を思いっきりつねる。

こんな期待だけさせるような残酷な、残酷過ぎる夢ではないと確認したくて、もう一度金色の目に尋ねる。

「本当にホントに、ほんとうにコーメイさん？」

我慢できずに、涙が頬を伝う。

ずっと会いたかった。

無理だと分かっていた。けど、ずっとずっと会いたかった。

大人になっても、仕事から帰ったら家の門柱の上で迎えてほしかった。

会社で嫌なことがあった日はにゃーと一言添えて慰めてほしかった。

ずっとずっと一緒にいたかった。

「ほっ本当に？　……ひっく……ホントに……ほんとうに？」

うまく言葉が出なくなる。涙が後から後から溢れてくる。

今夜中、隠れていた月がエマの涙に応えるように顔を出す。

本当だよ……とエマに教えるために、月明かりが目の前の猫を照らす。

「にゃー」

「っっ！　コーメイさん……！」

三毛猫がゆっくりと近付いて、力いっぱいつねったせいで赤くなった頬を、大粒の涙で濡れた頬を舐める。

相変わらずのザリザリとした感触。

ふふふっと笑って思いっきりコーメイさんに抱きついた。

「でっかくなったね」

「にゃん♪」

金色の目も、ちょっと平たい顔も、三毛の模様も、思い出のままのコーメイさん。

ただ、サイズだけが……一回りどころか、二回りどころか、ラブラドールレトリーバーのラブよりも、エマよりも大きくなっていた。

譬えるなら、馬とポニーの間くらいの大きさで、猫としては有り得ないサイズだ。

抱き締める腕に更に力を込める。ちゃんと温かい。


ただ、ただ、平凡な田中家の異世界転生は、コーメイさんにまた逢うために在ったんじゃないか。

ゴロゴロ喉を鳴らすコーメイさんの首に腕を回して、幸せを噛み締める。

……と、後ろからスンスンとエマのにおいを嗅ぐ気配がした。

抱きついたままで顔だけそちらに向けると、コーメイさんと同じくらい大きくて、真っ黒な猫の顔があった。

全身真っ黒で、オレンジ色の目がエマに擦り寄ってくる。

「にゃーん」

「え？　もしかして……もしかしてもしかして……かんちゃん？」

「にゃーん」

黒猫は一言鳴き、顔をエマの体に擦り付けて甘えてくる。

かんちゃんもまた、田中家が飼っていた猫だ。

真っ黒で甘えん坊な猫が目の前にいる。

「さっき助けてくれたの、かんちゃんだったのね」

男達は、かんちゃんの繰り出すネコパンチに次々と倒されたのだ。

多分、柔らかな肉球が繰り出すネコパンチは、当たった時の衝撃音すら吸収し、肉球から離れた男達が吹っ飛んでゆく音と、落下した時の音しか聞こえなかったのだと推測する。

「かんちゃん、ありがとう！」

コーメイさんの首から離れ、かんちゃんの鼻の上辺りを撫でる。

コーメイさんに……かんちゃん……？

「チョーちゃんとリューちゃんは？」

もしかしたら……と、田中家で飼われていた残り二匹の猫を呼ぶ……。

「「ニャー！」」

コーメイさんの後ろから二匹の猫がぬっと顔を出す。

一匹はふわっふわの長い毛を持った白猫。

一匹はコーメイさんと同じ三毛猫。

先に白猫のチョーちゃんがエマに近寄る。

ふわっふわの毛がエマを包む。

「チョーちゃん！」

「にゃーん♪」

チョーちゃんは日本猫ではなく洋猫のようなふわっふわの毛並みをしている。

毛の薄い耳や鼻はピンク色で、父の大のお気に入りだった。

そんな毛並みに反して顔が和顔なのが、若干の残念感を誘う。

チョーちゃんを見て、猫も和顔とかあるのね、と家族で笑ったことを思い出す。

「チョーちゃん、お父さんもきっと喜ぶよ！」

チョーちゃんの鼻先も撫でる。

「リューちゃん！」

エマが呼ぶと、三毛猫のリューちゃんもエマに近寄る。

高校を出て、就職したての港をコーメイさんの代わりに支えてくれたのはリューちゃんだ。

リューちゃんはコーメイさんの子供で、かんちゃんとチョーちゃんはリューちゃんの子供。

リューちゃんの鼻先も撫でてエマはふふふっと笑う。

ヨシュアを虜にしたあの天使スマイルで。

「お父さん、お母さん、航兄、ぺぇ太、コーメイさん、リューちゃん、かんちゃん、チョーちゃん

……田中家、これで全員集合だね！」

「「「にゃーん♪」」」

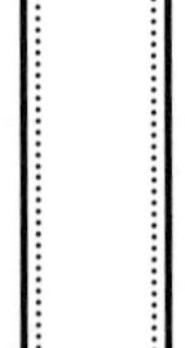

第十話

兄と弟の東奔西走。

町へと続く道をひたすら走っていたが、とうとうゲオルグの足が止まった。

普段、馬車でしか通ることのないこの道を、エマは迷うことなくあの異常なスピードで駆け抜けたのだろうか。

肺が空気を求め、ヒューヒューと変な呼吸音になっているし、脇腹が尋常じゃなく痛い。

持っていた剣を杖のようにして動かない足を休めていると、少し前に先に行くぞと振り切った弟、ウィリアムが同じようにヒューヒューと呼吸しながら脇腹を押さえてとぼとぼと歩いて来た。

苦笑いで弟を迎える。

「兄様……」

「全然追い付けなかった。エマ……無事だといいが」

エマに何が起きているのか。

夢うつつで、微かに猫の鳴き声が聞こえた気がした。

もし、エマにも聞こえていたら何を仕出かすか分からない。

同じことを考えたのか、ウィリアムもゲオルグと同時に部屋の扉を開けた。

危惧した通り、エマの耳にも猫の鳴き声は聞こえていたようだ。

エマが屋敷を飛び出した時までは、間に合うと思っていた。

所詮、十一歳の少女。ゲオルグは普段から鍛えているし、体力には自信があった。

なのに、庭を走るエマに追い付けない。

庭を出て、真っ直ぐの道になると更にググン加速して、ついには振り切られてしまった。

一旦、屋敷に戻り馬で追うか悩んだが、この暗闇で馬に乗るのは危険だろう。

あんなスピードで長く保つわけはないと追い掛けてみたが、先に限界が来たのは自分の方だった。

もう、いつの間にか猫の鳴き声も聞こえなくなっていた。

目の前の分岐した道を見る。

ウィリアムと二手に分かれるとしても、この先にも分かれ道は出てくる。

これ以上、追うことはできなかった。

一つのことに集中し過ぎるエマは、事あるごとに問題を起こすが、これまで大概の事はゲオルグとウィリアムでフォローしてきた。

港が入ってマシになったと思っていたが、猫への執着は港の方にある。

エマの集中力と謎の脚力によって、これは兄弟でフォローできる案件ではなくなっていた。

屋敷に戻り、眠っている父を起こし、使用人にも手伝ってもらい捜索しなくてはならない。

エマだろうが、港だろうが、妹の無事が最優先だ。

「ウィリアム、諦めよう。取り敢えず屋敷に戻って父様に報告だ」

死ぬほど怒られるが仕方ない。

田中家にしろ、スチュワート家にしろ、父の娘への溺愛は変わらない。

何故かどちらの家系も男ばかりが生まれる傾向にあり、エマも港も待望の女の子。

一族規模で特別に大事にしてしまう。

「ううっ姉様……せめて無事でいて！」

軽く膝を擦り剥いただけでも兄弟への罰は跳ね上がる。

それでも、ゲオルグもウィリアムも一族の男の端くれ、やっぱりエマが可愛いから文句は言うが甘んじて罰は受けるだろう。

エマを叱れるのは母くらいのものだ。

今回は母にしっかり説教してもらわねば。

くるりと踵を返し、痛む足を引き摺りながら屋敷へ戻る。

先程から隠れていた月が顔を出し、帰り道を照らしてくれているので暗闇でない分、この後の捜索も何とかなるだろう。

呼吸も足も疾うに限界を迎え、のろのろと歩くことしかできない体に鞭打ち、屋敷へ急ぐ。

一瞬、音もなく何かが通り過ぎた気がした。

遅れて突風が吹き、兄弟は反射的に身構える。

「兄様！　ウィリアム！」

エマの声がした。

見上げるとさっきまでいなかった道の先に、四匹の……大きな猫がいた。

ゲオルグが狩りで遭う魔物の大半よりも大きな猫だった。

その中のふわふわした白猫の背にエマが……乗っていた。

「もの○け姫かよ！」

思わず突っ込みを入れる。

「にゃーん」

ゲオルグよりも大きな黒い猫が、擦り寄ってくる。

「にっ兄様！　こっこいつコーメイさんに似てる！」

ウィリアムが、自身に擦り寄ってきた三毛猫を指して叫ぶ。

そんなわけあるか、何を馬鹿なことを、と自分に擦り寄ってくる黒猫を見る。

……。

……。

「かっ？　かんちゃん⁉」

「にゃーん♪」

黒猫が応えるように鳴く。

ちょっと待て。落ち着け。コーメイさんもかんちゃんも、ずっと前に死んだはずだ。

よくよく見なくては。

……。

……。

エマが……乗っている猫……チョーちゃん？

もう一匹の紫の蜘蛛を背に乗せてるのは……リューちゃん？

は？

「うちの猫も転生してた！」

エマが嬉しそうに、極上の笑顔で報告する。

「「うぇえー!?」」

ウィリアムと叫び声がキレイにハモる。

このデカい猫達は、うちのあの猫達なのか？　転生？

それにしても蚕といい、蜘蛛といい、この世界の生き物は何だってこんな簡単に巨大化するんだ？

ちょっと情報処理能力が追い付かない……っと、かんちゃんが後ろから腰を甘噛みしてくる。

ん？　っと思っているうちに咥えられたまま持ち上げられる。

「わぁ！」

ウィリアムを見ると同じようにコーメイさんに持ち上げられていた。

まるで仔猫を運ぶような体勢……なんというか、扱いがエマに比べて酷い。

エマが東の空を見て言う。

「詳しい話はあと！　そろそろ夜が明けちゃう！」

エマを先頭に、来たときと比べると一瞬で、屋敷へと運ばれる。

なんで僕らだけ雑な扱い！　とウィリアムも同じ事を思ったのか文句を言うが、舌を噛みそうになって口を押さえる。

「多分チョーちゃん以外は毛が短いから背中に掴まり難いから？」

とエマが言うと、兄弟を運んでない口が空いているリューちゃんがにゃーんと応える。

……何気に会話できているのもちょっとおかしい。

四匹の猫は音もなくスルリと屋敷へ侵入し、エマの部屋まで運んでくれた。

三人ともがベッドの上へ下ろされると、そのまま三兄弟は力尽きたように並んで眠りについた。

周りに四匹のデカい猫と一匹のデカい蜘蛛に囲まれながら。

それはそれは幸せそうにモフモフに囲まれながらモフモフな夢を見たのだった。

翌朝、エマを起こしに来たマーサの悲鳴で起こされるまでは、グッスリと。

結局、何もかも洗いざらい白状し、怒られることになったが、猫を見た両親、特に父は号泣しながら再会を喜んだ。

エマを襲った男達はかんちゃんに倒されたあと、蜘蛛の糸に巻かれ公園に転がされていた。

男達への罰は、領への不法侵入とエマを襲った罪が加算され、通常より三倍重くなったとか。

その後、猫達は魔物狩りでも活躍し、父レオナルドはスチュワート伯爵家の紋章を猫柄に変えた。

裏地にスチュワート家の紋章をあしらったドレスは飛ぶように売れ、四匹の猫は商売繁盛の招き猫としても活躍したのだった。

第十一話　吾輩は猫である。

田中諸葛孔明。

長いので、省略してコーメイと呼ばれている。

生まれてまだ目も開かないうちから母親から言い聞かされていたことがある。

何でも先祖が田中家一家に大恩があり、代々我々一族は田中家の家を中心とした三丁目界隈の平和を守るべく縄張りにしているのだと。

時折、一族で霊力の強い猫が生まれた時は、田中家の飼い猫として力を役立てる。

目が開いて自分の脚で動けるようになった頃、母は自分を田中家の庭に連れてきた。

名前を付けてもらうためだ。

野良猫でも名前を貰うことで餌を貰いやすくなり、生存率が上昇するらしい。

しかし、父親一志には気を付けろと母は言った。

母は既に三丁目のボス猫として君臨し、白くてむちむちの体からは想像できないほどの機敏な動きで塀を駆け上る。

そんな母でも、無類の猫好きの一志に捕まると長時間拘束されてしまうのだ。

そしてなにより、一志にネーミングセンスなるものはない。

名前を付けるのが一志だった場合は諦めろ……と。

一志に名付けられた母の名は「白玉もち子」であった。

ボス猫としての威厳が揺らぐ名前である。

幸い自分が田中家の庭で、最初に出会った第一田中人は母親の頼子で、この少し長いが異様な貫禄のある名前を貰うこととなった。

並外れて霊力の高かった自分は、そのまま田中家の飼い猫となり、飯の心配はなくなった。

日々、田中家で平穏に暮らしていたが大人になると、ある問題が自分を苦しめることとなった。

自身の霊力の高さ故に、子供が上手く育たない。

腹の中で、母体の力に当てられ死んでしまう。

仔猫自体にある程度の霊力がないと形にすらならなかった。

何度かの死産の後、やっと生まれた仔猫も一瞬の隙でカラスに持っていかれた。

その時は情けないやら、悔しいやら、悲しいのか、怒っているのか、嵐のように感情が暴れ、狂うかとも思った。

そんな時に生まれたのが港だった。

ある日、突然現れた田中家の赤ん坊はよく泣いた。

何かを感じとり、怖れ、異常なほどよく泣いた。

母親の頼子がいない隙に害されないように、守ってやることにした。

大概のものはこの霊力で一声鳴けば、蹴散らしてやれる。

隣で寝ると安心したようにいつも泣き止んだ。

ぽかぽかとした縁側での添い寝が日課になった。

また、しばらくして平太が生まれ賑やかになった。

だが、平太は喘息を持っていた。

毛が舞うからと家の中に入ることが禁止されてしまい、添い寝の回数は減った。

一志は器用にコーメイ専用の寝床をＤＩＹで庭に作ってくれたが、その時の資材を入れていた段ボールが気に入り、寝床にした。

一志は恨めしげな顔でこちらを見てくるが、大事なのはフィット感、この段ボールは最高だ。

港が自力で庭に出てこられるほど成長すると、また、一緒に過ごせるようになった。

その頃には、母もち子から縄張りを引き継ぎ、霊力も更に磨きがかかり、縄張りの内であれば港の恐れるものから守ってやれるようになっていた。

港が縄張りから出なければずっと守ってやれたのに、幼稚園、小学校と縄張りから出る時間が増える。

帰ってくる時間を見計らい、玄関先の門柱の上で寝るのが次の日課になった。

たまに変なモノを憑けて帰ってくるので、油断はできない。

ある時、港の帰りが遅い事があった。

平太の世話や食事の支度で忙しいのか、頼子は友達と遊んでるんじゃない？　なんて気にしていないようだが、港に限ってそれはないだろう。

嫌な予感がした。

すぐに縄張り内三丁目の一族の猫達に招集をかけ、港を捜させる。

縄張りの外にある小学校を見に行かせた、ハチワレ猫のバットマン（名付け親：航）が報告に来た。

「ボス、どうやらラブの野郎がみなちゃんを追いかけ回しているそうですぜ！」

いつもは繋がれている犬が抜け出し、その上がりきったテンションで港に絡んでいった……と。

庭で寝ているコーメイに港はいつも言っていた。

通学路にいるラブラドールレトリーバーのラブが恐いのだと。

可哀想に、港は必死で逃げているだろう。

どうして犬って奴はああも構われたがり、可愛がられたがりなんだ？　あんなでかい図体して自分の欲求を抑えることもできないのか？

ちょっと教育的指導をしてやらないと。


ラブを見つけるのは早かった。

森の前でうろうろ、キョロキョロ行ったり来たりしている。

「あんたがうちの港、追いかけ回しているっていう犬かい？」

シャーっとついつい威嚇しながら話しかける。

こちらの威嚇に犬は既に逃げ腰で後退りする。

「港どこやった？」

犬が不安げに森を見た。

頭に血が上る。

逃げ腰の犬を逃がさず、爪を思いっきり出したねこパンチを数発お見舞いする。

あの森だけは入ってはいけない。

犬は港を追いかけるだけ追いかけ回し、森に逃げる港を見て初めて正気に戻ったのだろう。

普通に生きている動物なら、あの森の異様さは感じとることができる。

犬は森に入らなかった、何故なら危険だから。

港を森に追いやっておきながら……だ。

「港に何かあったらただじゃ済まさないからな！」

犬に飛びかかり、耳の後ろを思いっきり噛む。

「キャウン！　キャウン！」

犬が吠えながら逃げて行くのを見送ると、コーメイは迷わず森に入った。

アーオ（みなとーどこだー）

アーオ（みなとー返事しろー）

アーオ（みなとー）

この森に入るのは二回目だった。

一回目は仔猫を攫ったカラスを追いかけた時。

あのカラスは、あの悪魔は、この森に住んでいた。

あの時……仔猫は見つからなかった。

港は……港は……港だけは絶対に見つけてみせる。
アーオ（みなとー）
アーオ（返事しろー）
アーオ（頼むから）
アーオ（頼むから）
アーオ！（無事でいてくれ！）
森の闇が刻々と迫ってくる。
夜になる前に出なければ。
夜目の利かない港を連れて森を歩くのは危険だ。
せめて、もっと自分の体が大きければ、港を運べるくらい大きければ。
二度と大事な子供を森になんかやるもんか。
港は絶対に返してもらう。
アーオ（みなとー）
アーオ（みなとー）
アーオ（みなとー）
たまに襲ってくる瘴気を、霊力で撥ね返しながら港を呼ぶ。
……と、森の瘴気をよくよく見てみると一定の方向に流れている。
瘴気を辿りながら森を進み、一番濃く、澱んでいる箇所を注視する。

瘴気で澱んで、視界が歪められてはいるが、微かに港がグズグズ泣く声が聞こえた。

ここまで視界が歪められていたら、人間では見つけられなかったかもしれない。

可哀想な港は瘴気の中で泣いている。

あれだけ澱んでいてはきっと動くこともできないだろう。

「にゃー」

一声、鳴いて瘴気を霊力で飛ばす。

その声に港が顔を上げる。

「……コーメイさん？」

「にゃー！」

やっと……見つけた。応えながらさらに瘴気を飛ばす。

「迎えに、来て……くれたの？」

「にゃー！」

港の周りの瘴気を全て飛ばし、近づいて膝に乗る。

泣きはらした顔を舐めてやると港がふふふと笑った。

「コーメイさん、お迎えありがとう！」

「にゃーん」

このまま落ち着くまで慰めてやりたいが、闇が迫っている。

すぐに森を出なければ。

港についてこいと一声鳴く。

今度は取り返せた。大事な子供を。

世界はすぐに大事なものを奪おうとする。

力をつけなければ。

港を守る力を。

◆◆◆

田中家との穏やかな日々を過ごしていたある日。

自分の尻尾が二つに分かれていることに気が付いた。

所謂、猫又化したようだ。

霊力の強い猫が長生きすると、猫又という妖怪になる。

知らぬ間にそんなに長生きしていたとは。

二つに分かれた尻尾は人間には見えないようだった。

せっかく猫又になったが、もう自分には殆ど霊力は残っていない。

少し前に、これが最後のチャンスと産んだ仔猫にごっそりと持っていかれてしまった。

たった一匹の子供を産み落とすだけで全ての力を使ったのだ。

晴れて妖怪になったのだから妖力なるものに目覚めるかと思いきや、そうでもないらしい。

霊力にしろ、妖力にしろ、源は命からきている。

寿命が近いのかもしれない。


生まれた仔猫は、劉備と名付けられた。

孔明の子供だから、劉備だよねと、よく分からない理屈で家族が全会一致で決めた。

コーメイの力を受け継いだ劉備には先見の力があった。

未来が見えた。

雨が降る前に頼子に洗濯物を避難させるようにニャーニャー騒いだり、餌やりを忘れられる前にニャーニャー騒いだり、忘れ物を忘れる前にニャーニャー騒いだり……。

残念なことに田中家には伝わらない事が殆どで、騒がしい子というレッテルを貼られただけに留まっている。


最近は寒さに弱くなった。

特に寒い夜は、港がこっそり玄関に入れてくれる。

暖かいリビングで家族と団欒していれば良いものを、わざわざ寒い玄関に座って膝に乗せ温めてくれる。

霊力がなくなって何からも守ってやることができなくなったのに、港は優しく労るように膝に乗せ、ゆっくり撫でてくれる。

一番穏やかで幸せな時間だった。

ずっと港と一緒にいたかった。
港はいつの間にか泣かなくなった。
港はいつの間にか大きくなった。
港はいつの間にか怖れなくなった。

なのに、港は未だに何かに狙われている。
なのに、自分にはもう港を守る力がなかった。
劉備に託すことしかできない。
本当は自分が守ってやりたいのに。

ある時、劉備が遠い未来を先見した。
コーメイが死んだあと、劉備が死んだあと、劉備の息子達が死んだあとの未来を。
家族は離れて暮らし、田中家を守る猫がいなくなった未来を。
虎視眈々と港を狙っていた何かに港が殺される未来を。
家族が殺される未来を。

世界が港の、家族の魂を攫っていく未来を。


死に行く自分に何ができるか。

年老いた体で何ができるか。

何もできない。

今は何もできない。

劉備の先見は覆らない。

それなら自分は港を攫った先の世界に、出向いてやろうではないか。

そこで、港を待とう。


猫に九生あり。

ギリギリで猫又になったのは僥倖であった。

猫又になれば、【九生】生きられる。

あと八回もあれば、あと八回も生きれば、方法くらい幾らでも見つけることができるだろう。

猫又にでも化け猫にでも神にだってなってやる。

充分な力をつけて、港を待とう。

しばらくは離れることになるが、また会うためだ。

「コーメイさん？」
頼子が声をかける。
応える力なんて残ってない。
「コーメイ？」
死が迫っていた。
何てことはない。九回のうちの一回目だと思えば。
体は硬直を始めている。
何てことはない。九回のうちの一回目の死だ。
足音が聞こえる。
港が学校から帰ってきた。
コーメイが動けなくなってからは毎日、走って帰ってくる。
顔を真っ赤にして、息を切らして毎日、毎日。
それも、今日で終わりだろう。
港、ちょっとの間だから、強くなって迎えに行くから。
また一緒に、お昼寝しよう？
ぽろぽろと上から港の涙が落ちてくる。
久しぶりに見る港の涙。

泣かなくていい、泣かないで。

絶対に迎えに行くから。

「コーメイさんっ」

港が呼んでる。

港が呼んでる。


みなとがよんでる。


「……みゃ……あ……」

猫の声に、頼子が瞠目(どうもく)する。

ずっと反応がなかったのに、このまま眠(ねむ)るように逝(い)くのかと思っていたのに。

港の呼び掛けに必死に応える猫がそこにはいた。

そんな力、どこにも残ってないだろうに。

「コーメイさんっお願いっ」

「コーメイさんいかないでっ」

「コーメイさんっ大好き！」

「コーメイさんっ死な……ないでっ！」

「おいていかないで……おねがい……おねがいだからっ」

「どこにも……いかないで……」
「死んじゃ……やだぁ……やだよっ嫌だ！」
港が泣いてる。
泣かないで。
みなと、港。
大丈夫。大丈夫だよ。
みなと。私も大好きだよ。みなと。
だいすきだよ。
港、次に、会うときは、もっともっと強くなってるから。
ほんのちょっと、離れるだけ。
ほんのちょっとだけ。
でもね、ほんとはね、ほんとはね。

ずっとずっと一緒にいたい。

ねぇ港、泣かないで。ちゃんと帰ってくるから……ね？
絶対、絶対に帰ってくるから。

みなとと、みなとと、みなとと、ずっと一緒に、ね？　みな…と……。
……だい……す……き。

猫は目を覚ます。
遠い昔の夢を見ていた。
隣で眠っている少女を愛（いと）おしそうに自身の体で包む。
毛の色も、目の色も、名前も、何もかも変わってしまった少女は、それでも港だ。
これからずっと一緒にいる。
ずっとずっと一緒に。

第十二話　突然の帰郷。

猫達と再会し、数日が過ぎた早朝のこと。

スチュワート家の屋敷に一台の馬車が停まった。

命からがら這う這うの体で馬車から降りたのは父の弟、王都にいるはずのアーバンであった。

根っからの学者肌で、一族きっての知識人。

スチュワート家特有の紫の瞳にも隠しきれない疲れが滲んでいる。

朝一で作業していた庭師のイモコに指示され、弟子のジャックが急いでレオナルドを起こしに走った。

ジャックはつい一月前に新しく雇われたばかりで、貴族の屋敷に似つかわしくない大声でレオナルドを呼んだために家族全員が目を覚まし、アーバンを迎えることとなった。

「アーバン叔父様っ！」

ジャックの声で起こされ、寝衣のまま部屋を出たエマは丁度表の玄関に着いた叔父を見て駆けつける。遅れてゲオルグ、ウィリアムも眠い目を擦りながら部屋から出て、叔父の姿に驚く。

アーバンは父とは違う甘いマスクをさらに甘くしてエマを抱き上げる。

「ただいま、僕の可愛いスウィーティー。暫く見ないうちに女神を超える美しさだね。ゲオルグもウィリアムも元気だったかい？」

スチュワート家の男は基本エマに甘いが、叔父のアーバンは特別に激烈に甘かった。

エマと話す度に口から砂糖が溢れ落ちるのではと心配になるほどで、長旅の疲れよりエマを抱き上げることを優先する子煩悩ならぬ姪煩悩、いや姪狂いであった。

父レオナルドも、急いで寝衣の上にガウンを羽織り、部屋から出て来た。

弟の突然の帰郷に驚いている。

何せ王都からパレス領まで馬車で十五日間、往復となると一か月もかかってしまう。

そう易々と帰って来られる距離ではない。

「お久しぶりです。レオナルド兄さん。詳しい話は後でしますが……ところで……その猫？　でかすぎません？」

エマは言うまでもなく、あれから毎晩コーメイと一緒に寝ている。

他の猫もそれぞれの部屋に一匹ずつ。

ジャックが大声を出したので、警戒した猫達も部屋から出て来ていた。

「叔父様！　紹介しますわっ。三毛猫の諸葛孔明、通称コーメイさん」

「にゃーん」

エマに紹介された猫が挨拶する。

「あとコーメイさんの娘の劉備、三毛猫のリューちゃんと、リューちゃんの息子の黒猫の関羽と白猫の張飛。……かんちゃんチョーちゃんです」

「「「にゃーん」」」

さらに紹介された猫が挨拶する。

「よろしく……ってあれ？　猫って挨拶とかするんだっけ？」

まあエマが嬉(うれ)しそうだからいいか、と思い直すアーバンにもスチュワートの血が確実に流れている。あまり深く考えない。知識人が聞いて呆(あき)れる話である。

取り敢(あ)えず……ときちんと着替(きが)えて出て来た母メルサの言葉で、長旅で埃(ほこり)っぽいアーバンは湯浴(ゆあ)みを、エマ達は身繕(みづくろ)いして朝食の準備を急ぐようにと、使用人を呼ぶ。

いつもより早めの朝食をとり、食堂からリビングに移動し、食後のお茶を飲みながらアーバンの話に耳を傾(かたむ)ける。

◆　◆　◆

「王都でクーデター!?」

朝食後のお茶を飲みながら、叔父アーバンから出たのはとても物騒(ぶっそう)な話だった。

王都の情報は中々辺境まで届かず、初耳どころか寝耳(ねみみ)に水の情報にレオナルドの顔が険しくなる。

商人からも話が漏(も)れていないのならば、パレスに届く前に箝口令(かんこうれい)が敷(し)かれたのかもしれない。

「王の兄であるカイン殿下(でんか)が、一部の騎士(きし)と自領の軍を率いて王城を取り囲んだんだ」

この国で軍を持てるのは、王族と四大公爵(こうしゃく)と呼ばれる王都の東西南北をそれぞれ領地にしている公爵家のみである。

王都から遠く離(はな)れた辺境のパレスを治めるスチュワート伯爵家(はくしゃくけ)には魔物狩(まものが)りの狩人(かりゅうど)はいるが、軍を持つことは認められていない。

軍では対人間の訓練がされ、狩人達とは根本的に鍛える目的が違う。

王族と王都の近くの領主が軍を持つことを許されるのは偏に王を守るためである。

その軍が王に牙を剥くなど本来考えられないことであった。

「それで、王は？」

いつになく難しい顔で、父レオナルドが尋ねる。

王が倒れたとなれば、国が危うい。

聡明な弟アーバンが革命ではなく、クーデターと言ったのだ。

民衆の意思は反映されない、ただただ王兄殿下のテロ行為と考えていいだろう。

「無事ですよ。近衛に交じって自ら剣を取り、見事討ち果たしたとか」

はぁ……とレオナルドは安堵ではなく、呆れたようなため息を吐く。

この王国の紛れもなく一番守られるべき存在の王がまさかの参戦である。

長い王家の歴史の中でも類を見ない武闘派だという噂は、どうやら本当らしい。

「今は殆ど鎮圧済みですが、運の悪いことに我が大学が戦場となりまして……。研究室も何もかも滅茶苦茶で、復旧までに三か月ほどかかるようです」

この国の最高峰である王立大学は王城の直ぐ隣にあり、ある程度広いその土地は戦うにはもってこいの場所になってしまった。

「なんとか無事な研究資料だけかき集めて帰って来た次第です」

三年間の研究が大分悲惨なことになったようだ。

帰って来たときの疲れた様子が損害の規模を物語っている。

「なら叔父様は暫くゆっくりできるのですね」

ウィリアムが嬉しそうに尋ねる。

「そういう事になるね。急に帰って来て申し訳ないけど」

苦笑しながらアーバンは申し訳なさそうにレオナルドを見る。

帰郷の一報は入れたが、どうやらアーバンの方が先に到着したようだ。

クーデターのゴタゴタで郵便も遅れているはず。

出して直ぐ出発したので無理もない話である。

せっかく大学に行かせてもらったのに、思ったような成果を出せずに卒業になりそうで、それだけがアーバンの気掛かりだ。

「叔父様！　私も研究のお手伝いをするわ。私も蚕の研究しているのよ。お父様が色々揃えて下さったから、うちでも研究できますよ！」

アーバンの研究は領地主要産業である養蚕である。

エマは時折送られてくるアーバンからの研究成果をもとに試行錯誤し、好き勝手に実験・検証・比較を繰り返して遊んでいる。

「アーバン、エマに作った研究室は大学にも劣らないものだよ。君から送られてくる成果のお陰で我が領は充分に潤っている。何も気にすることはないよ」

レオナルドが申し訳なさそうにしているアーバンを労るように肩に手をのせる。

エマのために……それだけでそこまでの設備を揃えるとは流石兄レオナルドである。

屋敷に高価な猫が四匹もいれば、領の経営は順調だと安心できる。

ところでまだ、猫のサイズ感がおかしい答えを聞いてないが、新種だろうか?

溺愛してくれたアーバンが大学に行ってから寂しかったエマは、父にせがみアーバンからの手紙を全て読ませてもらっていた。

父を通して領内の養蚕研究者に渡されるだけの資料まで全て、である。

専門的な用語も辞書を引きながら理解できるまで読み返し、元々大好きな虫の話でもあり、研究の真似事に夢中になって遊んだ結果の成果をアーバンはまだ知らない。

「エマ、早速研究室を案内してくれるかい?」

エマにとろとろに溶けた笑顔を向け、アーバンは話を切り上げる。

これ以上の生臭い話は子供たちには聞かせられないし、兄も仕事があるだろう。

クーデターは表向きは収まったことになっているが、どうもきな臭い。

臭い話は子供達が寝た後で兄とするとして……と思ったところで思い出したことがあった。

「ああ……そういえば、帰りに寄ったキアリー領で、わざわざ第二王子と姫様の使いがみえて、今度は是非お茶会にご招待してほしいと言われたのですが、王子と姫の参加……断ったのですか?」

アーバンの言葉に一家は一斉に母メルサを見る。

「ん？」

母はキョトンとしている。

お茶会の参加者は予想以上に人数が集まり、確かにまた次の機会に……と、断った人数の方が多いくらいだったが……いたっけ？　そんな大物？

母の背中に冷や汗がつつーっと流れた。

◆
◆
◆

「……これは、何？」

エマの小屋の研究室に入った途端、アーバンは引きつった笑みでエマに尋ねる。

「何って叔父さま、蚕ですよ？」

エマは当然のように答える。

もっと近くで見ますか？　とウィリアムが両手でしっかりと抱きかかえて持ってきたのは、クマのぬいぐるみではなく、蚕の幼虫だ。

「……でかすぎない？」

蚕は虫である。普通どんなに大きくても体長十センチ以下のはずで、ウィリアムが抱えている大きな幼虫が蚕であると、この道の専門家であるはずのアーバンは理解できなかった。

蚕が……五十センチ……しかも丸々と太っている。

「一年前、叔父様が蚕を大きくできないかっていう研究報告を送ってくれたときに私も試してみたのです」

キラキラした目でエマが語る。

餌や交配、環境と片っ端から試してみたと。

最終的に餌は桑の葉を止め、エマが試行錯誤の末、辿り着いた配合の飼料を与えることで巨大化に成功したと。

今は、体長五十センチが飼育面、コスト面でベストだと思っていると。

そして、絹糸の着色は餌で可能なのか、叔父様の意見が聞きたいと。

キラキラした目で……エマは語る。

天才だ……アーバンは思った。

確かに送った報告書には蚕を大きくするための仮説をいくつか立てた。

しかし、それには膨大な数のサンプルを、膨大な数の工程で比較しなくてはならない。

更に比較結果を基に何がどれだけ効果を出したか、数値化し、選別し、また比較である。

大学の研究者ですら音を上げた、酷く面倒な仮説であった。

それを、この姪はやってのけたのだ。

やってのけたからといって、結果が伴うことなんて稀だ。

いや、これは結果が伴うどころか、話の次元が違う。生物学に修めて良いものなのかコレ？

「エマ？　これを一人で研究したの？」

「ん？　世話とかはゲオルグ兄様とウィリアムにも手伝ってもらっていますよ。比較試験は一匹ずつ違う飼料を与えていたので中々大変でした」

エマがにっこり笑って答える。

こんな時でもうちの姪は可愛い。

ウィリアムがあの時のことは思い出したくないと遠い目をしている。

相当、大変だったのだろう。

大学に行っている間、自領の絹の質が向上しているのは知っていた。

パレスは気候が温暖で養蚕向きの環境ではあるが、それだけでは説明のつかない質の良さだった。

兄に手紙で訊いても、良い研究者と助手がいるんだとしか教えてもらえなかった。

機密事項は手紙では書けないので仕方がないとはいえ、まさか、自分の幼い姪と甥のことだとは思わなかった。

今なら教えてくれなかった兄の気持ちが痛いほど分かる。

多分、兄にとっても想定外。未だに理解できないでいるのだろう。

アーバンがひとしきり考えている横で、あっそうだ……とエマが隣の部屋から大きな虫かごを持ってきた。

「叔父様、今一番のお気に入りの蜘蛛を紹介します！」

何故、今、この流れで蜘蛛なんだ？　と不思議には思ったが可愛い姪に従い虫かごを覗いてみる。

中には大きな……紫色の蜘蛛が入っていた。エマの顔くらいはある。

……どうして蜘蛛までこんなに巨大化しているんだ？

アーバンが驚愕(きょうがく)の表情を浮(う)かべる。

「すごくきれいな紫色でしょう？　叔父様達の瞳みたいな透(す)き通った紫！　だからヴァイオレットって名付けたんですよ！」

エマ……問題は、色じゃなくて大きさだよ？

驚きのポイントがずれていた。

でもスチュワート家固有の目の色をした蜘蛛は確かに綺麗(きれい)だし、その色をお気に入りだと紹介するエマはいじらしくも可愛い。

兄弟でエマの瞳だけはスチュワート家の紫ではなく母親譲(ゆず)りの緑色なのだ。

エマは虫かごから蜘蛛を出している。

アーバンの苦い顔に気付いたウィリアムが補足説明をしてくれる。

「この蜘蛛、蚕の巨大化用の餌を食べたみたいなんだよね」

だからこの蜘蛛でかいのかー、にはならんよ？　甥っ子よ……。

巨大化ってそんな直ぐなんないよ？

蜘蛛はエマの腕(うで)を上って、更に頭の上に収まる。

絵面(えづら)が酷いにも程(ほど)がある。

「そうそう、この蜘蛛すごいんですよ！」

エマがキラキラした目でアーバンに自慢(じまん)する。

ここまで来たら何を言われても驚かない事にしよう。

巨大化以上に驚くことはないだろう。

「この蜘蛛を頭に乗せると物凄く速く走れるんですよ？」

もはや訳が分からなかった……。


それは遡ること三日前。

深夜の外出を散々怒られた後、あのエマの俊足は何だったのか検証することになった。

庭に出て家族と猫達が見守る中、エマは全力疾走する。

「？」

「？」

「？」

「にゃ？」

普通だった。

ノリで一緒に走っていたコーメイさんに即、置いていかれている。

ゲオルグなら余裕で、ウィリアムでも頑張れば追い付ける普通の令嬢の走りであった。

「あれ？」

庭を一周することもできず息を切らせてエマが首を傾げる。

あの時は何キロ走っても疲れなかった。

しかも多分バレていないので言ってないが、二メートルの大ジャンプもできる気がしない。

レオナルドとメルサがゲオルグを見る。

「いやいやっ嘘じゃないですからね！　真っ暗な中、全く迷いなく走ってましたよ！　しかも、室内靴で！」

いつもの編み上げブーツを履くのももどかしかったエマは室内靴で走っていた。

翌朝、色々なショックが落ち着いたマーサにどろどろの室内靴を見つけられ、更に怒られたのだ。

「……夜だったから？」

ウィリアムがエマは条件付きで足が速くなるのかもと言い出した。

人を狼人間やヴァンパイアみたいに言わないでほしいと思ったが、その日の夜、眠い目を擦りながらまた庭に出て家族と猫達が見守る中、走る。

普通である。

一緒に走るコーメイさんもゆっくりエマに付いて走っている。

夜は危ないからね。優しい猫である。

エマも視界が悪いせいで昼より遅い。

あの時は夜の闇なんて気にならなかった。

暗いと感じたのは男達に足を取られ転けた後くらいからで……。

「火事場のバカ力ってやつ？」

ウィリアムがうーんと唸りながら説明できない現象を説明しようとする。

レオナルドとメルサがゲオルグを見る。

「あの……嘘じゃないですよ？」

こんなこと嘘ついても仕方ないし……とゲオルグは言うが、段々声が小さくなっている。

あわや迷宮入りかなって雰囲気が家族を包む。

そこへコーメイさんがエマの頭に前脚を置いて、てしてしする。

「にゃーん」

肉球が頭にもにゅもにゅして気持ちいい。

「「「あっ！」」」

三兄弟の声が重なる。

そういえば、あの時は蜘蛛を頭に乗せていた。

早速ウィリアムが蜘蛛を取りに行く。

「「「蜘蛛っ！」」」

その間にエマは蜘蛛を頭に乗せて走った事について母に怒られる不運に見舞われた。

自業自得ではある。

母メルサはウィリアムが持ってきた蜘蛛を見て眉をひそめる。

明らかに、捕獲したエマが嬉々として見せた時より巨大化している。

もう、蜘蛛の大きさではなかった。

マーサですら悲鳴を上げて逃(に)げるでかい蜘蛛だが、母もそこらの伯爵夫人とは違う。

あのエマの母である。

頼子(よりこ)であった前世では、田舎(いなか)の農家に生まれ、田舎に嫁(とつ)いだ身。

虫も割と平気で、肝(きも)の据(す)わり方では家族一である。

レオナルドの方がちょっと引いているくらいだった。

そんな蜘蛛をエマが頭に乗せる。

絵面がひどい。

「あっ、ちょっと明るく見えるかも」

そう言ってエマが走り始める。

バビュンっ
それは、レオナルドとメルサの想定を超えるスピードだった。

ゲオルグとウィリアムを悩(なや)ました例のあの走りであった。

猫達は嬉しげに四匹揃ってエマを追いかける。

「ほらっ嘘じゃなかった！」

ゲオルグが勝ち誇(ほこ)ったように両親を見たが、レオナルドとメルサは嘘の方が良かったと頭を抱えた。

◆
◆
◆

「……ということがあったんです」

エマは大好きな叔父に、数日前にあったことを話した。

家族で転生したことは伏せたが、コーメイさん達に再会したことは思い出すだけで嬉しくて笑顔になってしまう。

「もう、どこから突っ込んでいいか分からない……」

アーバンはため息と共に頭を抱える。

自分が大学に行っている間に家族（主にエマ）がおかしな事になっている。

専門で学んだはずの養蚕を姪甥にさらっと追い越され、自尊心が傷つく暇もなく摩訶不思議な体験談と証拠の蜘蛛と猫である。

「でも、蜘蛛を頭に乗せるのは、この虫小屋以外禁止されたので宝の持ち腐れなのです」

エマがしょんぼり言う。

伯爵令嬢は、蜘蛛を頭に乗せてはいけません。

家族以外に見られてはいけません。

母にきつく言い含められてしまった。

エマの背に手を当てて慰めながら、アーバンは断念した。

もう、エマが可愛ければ良しとしよう。
猫も可愛いし良しとしよう。でかいけど。
蜘蛛も綺麗だし良しとしよう。でかいけど。

研究者は引き際(ぎわ)も大切。
全てはエマが可愛いから良しとしよう。
姪狂いは深く考えないことにした。
深く考えないことで自分を守った。
この場合、考えたら負けだ。

第十三話

第二回田中家家族会議。

アーバンが旧友に会いに行っている間に一家はエマの小屋に集まった。

第二回田中家家族会議である。

議題はアーバンから投下された王子と姫案件である。

「もう一度、手紙を精査したところ、この手紙ではないかと……」

母メルサがすっと手紙を出す。

仮に王子と姫が関わる手紙なら付いてあるだろう封蝋は、ロイヤルマークではなくパレスから少し離れた侯爵家の紋章が押されていた。

アーバンが使いに会ったというキアリー領の隣の領を治めるバレリー侯爵家である。

確か、娘が側妃として王家に入っていた。

第二王子と王家唯一の姫の母親である。

その側妃は今、王子たちを連れて実家であるバレリー領に里帰り中との噂があった。

「手紙を読む限り、王子と姫を思わせる内容は見受けられないね」

二回じっくり読んでからレオナルドはため息を吐く。

ゲオルグ、エマ、ウィリアムの順で手紙に目を通すが、同じ意見である。

「お母様がこの手紙の方の参加を断った理由は？」

前回のお茶会では、男爵家や子爵家の参加者もいた。

家格の高い方から順で参加を絞るなら断られようのない侯爵家である。

「第一に、全く親交のないお家だったこと。第二に王都周辺とは違ってこの辺の領は土地が広大だから、出来るだけ馬車で三時間以内で着くお家の方々を優先したこと。第三に文章がちょっと偉そうでイラッとしたことかしら」

第三以外はまともな理由である。

それも、差出人が王族なら偉そうではなく此方が平伏すのが当たり前である。

「このまま無視しちゃったら駄目ですかね？」

ウィリアムが期待を込めて言ってみる。

王家とお近づきになりたい貴族は山ほどいるが、残念なことにスチュワート家は違った。

王家に近づくということは、それだけ面倒事が増える。

穏便に、平和に、何事もなくをモットーに、転生に気付いてからはより強く思うようになった。

父レオナルドが首を振る。

「アーバンの話がなかったら気付かなかったままで良かったけど……」

わざわざ王子と姫の使いが、今度は是非招待してほしいと伝えてきたのだ。

王家の頼みは絶対である。

さっさと次のお茶会を企画して呼べと言われているのも同然の話なのだ。

「……自分達がわざわざ気付かれないように小細工しといて？」

エマがもやもやした気持ちで文句を言う。

お茶会の利点なんてケーキを食べられる事だけで、それ以外に良さは全くない。

知らない人と話すのも猫を被るのも、はっきり言ってめんどくさい。

「エマ。言いたいことは分かるけど、ここだけにしときなさい。不敬罪で捕まるわよ」

誰がどこで聞いているか分からない。

使用人の中に王族信者がいれば密告される可能性もある。

「この場合の……正解は？」

ゲオルグがうんざりしたように結論を訊く。

「さっさと次のお茶会を企画して招待する。……かな？」

レオナルドの答え、それ以外はなかった。

家族全員が同時にため息を吐く。

（めんどくせー）

それはお茶会に乗り気だった母メルサも同様で、孫の顔は見たいが気は使いたくないという気持ちがあった。

「それならせめて、他の招待客は王族とお近づきになりたそうなお家をピックアップしようかしら。恩を売れるし、うちの子達に関わる時間も減るでしょ？」

せめてもの意趣返しだと母は悪い顔をしていた。

第十四話　圧巻。

取り急ぎ行われたお茶会は、あいにくの曇天。
雨が降りそうで降らない空模様は、王族を迎えるお茶会の緊張状態を空に映したかのようであった。
ちょっと普通より大きな猫達はエマの小屋に避難している。
もし、パレスの絹の秘密を探ろうとする不届き者がいた場合の番犬ならぬ番猫の役目も担っている。

あわよくば、王族と姻戚関係を結べるのではと意気込んでいる貴族が、母メルサの嫌がらせで集められたメンバーであるこのお茶会は、前回と全く違う様相になっていた。

天気が不安定のため、ガーデンパーティーではなく屋敷の中でのお茶会。

集まる令息、令嬢の殆どは伯爵より上の貴族。

装いも前回は略式のドレス、礼服だったが今回は社交界ばりの完全武装をしていた。

そして……開始時間を過ぎても王子と姫は現れなかった。

「……」

「……」

「……」

「……」

まさか、王族を差し置いてお茶会を始める訳にもいかず。

まさか、王族を差し置いて楽しく談笑する訳にもいかず。

気まずい、無言の状態が続いている。


エマは前回のお茶会で着た瞳の色と同じ薄い緑色の、他の令嬢と比べれば至ってシンプルなドレスを纏っている。

今の流行りはオフショルダー、肩を大胆に出したデザインが主流でエマ以外の令嬢は露出がやや高めなドレスが多い。

年齢的に胸もない上に細身のエマはそれをカバーするように隠せる所はなるべく隠している。

ケーキのためにコルセットも緩めで、流行りより似合うもの、流行りより楽なもの。

絶対に無理だけはしたくないのであった。

ゲオルグとウィリアムは所々にスチュワート家の紫をあしらったデザインの黒の礼服に、王族を迎えるために、普段なら着る機会もない片マントを慣れない様子で羽織っている。

紫はスチュワート家の色なので、男子は必ず紫を身に着けることになっている。

無言の中、遠慮がちにちらちらと招待客の令息達がエマを見る。

貴族も伯爵以上ともなると、しっかりと教育を受けている。

どの令嬢も自信に溢れ、流行りを押さえ、王族を待つ姿はほぼ戦闘態勢、ピリピリしている。

そんな中で、儚げなエマの様子にときめかずにはいられない令息達が多発していた。

ただただ王子と姫が遅れているせいで目の前にあるケーキが食べられず、しょんぼり目を伏せているだけであったとしても、お腹が鳴らないように、キュっと力を入れて凌いでいるだけだとしても、緊張で震えている！　守ってあげたい！　と令息達には変換されるようだった。

何故か、お茶会の度にエマの株が上がる不思議な現象はこれからも続いてゆく事になる。

無言を貫くこと一時間弱。

漸く第二王子と姫、そして母親である側妃が到着したとの知らせが入る。


一同、席を立ち、王族を迎えるべく扉に向かい臣下の礼をとる。

そこへ、迎えに出ていた父レオナルドに甘い声をかけながら側妃ローズ・アリシア・ロイヤルが入ってきた。

「ごめんなさいね、中々ドレスが決まらなくて……」

「何を仰います。畏れ多いことでございます。簡単に王族は謝罪してはなりません」

「そうだったわね、まだまだしきたりに慣れなくて、ごめんなさい……あ、また謝ってしまったわ。うふふ」

臣下の礼をとっていた一同が（お前のドレス選びかーい）と心の中で突っ込みを入れたのは仕方のないことだった。

王族は謝罪してはならない、は裏を返せば、王族は謝罪するような隙を作ってはならないである。

服が決まらなくて……って初デートの女子か！

慣れなくて……って側妃になって十五年以上経ってんぞ？

声に出せば不敬罪で即、牢屋行きかもしれないが心の中は自由である。

ローズは臣下の礼をとっている令嬢、令息に向き、楽にしなさいと礼を解く声をかける。

そこで一同が、初めて顔を上げる。

目の前には美しい黒髪の王子と姫が立っていた。

少し不機嫌そうな表情の王子はそれでも王族の威厳に溢れ、整った顔立ちも相まって冷たい印象を受ける。

王子の後ろに隠れるように袖を掴んでいる姫は黒髪を綺麗に結い上げ、母親に合わせた赤色のドレスを着ている。

顔を上げた一同皆が、驚愕の表情を頑張って隠している。

王族の血筋は黒髪。周知の事実である。

しかし今日この時まで、王族を見た事のある者は数えるほどで、初めての黒髪に魅了されていた。

この国の王都以外の人間にとって、この特別な髪色は殆どの者が生涯かけて見ることのない代物で、常に王族と接する宰相でさえ見る度に緊張するとさえ言われている。

黒髪であること、それだけで誰もが人ならざる者として畏怖の念を感じるのであった。

その表情は三兄弟も同じであった。

しかし、視線が微妙にずれていた。

生粋の日本人、超絶田舎生まれの田中家三兄弟にとって黒髪に何ら思い入れはない。

寧ろ、ホッとするレベルである。

皆が皆、王子と姫の髪に注ぐ視線の中、三兄弟の視線は王子と姫を通り越して側妃のローズ・アリシア・ロイヤルに向けられていた。

ただ……。

ローズ妃の髪はオレンジ、瞳はヘーゼル、この世界では珍しい色ではない。

正直に、単刀直入に言おう。

爆乳である。

漫画でしか見たことのない爆乳がそこにあった。

しかも、今の流行りはオフショルダー。

爆乳が爆発している。

日本人だって巨乳はいる。爆乳だって見たことはないが、いる筈だ。

しかし、大抵の巨乳の日本人は隠す傾向にある。

胸を小さく見せるブラも流行る。

こんなに、大っぴらに爆乳を晒している人を三兄弟は見たことがなかった。

奇しくも、この世界の人が黒髪を見る確率より低い生の爆乳に、三兄弟の目は釘付けである。


巨乳好き、貧乳好きを超えた圧巻のおっぱいであった。


エマの目は爆乳を堪能後、他の所にも向けられていた。

三十代を経験した港が言っている。この美貌は並大抵の努力ではない……と。

曲がり角を迎えている筈の肌は潤いを保ち、シミ一つない。

港が三十五年をかけて編み出した美女センサーは、化粧の上からでも容易に肌状態を判断できる。

二十代後半辺りで気付いたら、いつの間にか本人の許可なく勝手についている二の腕と背中の贅肉も片鱗すらない。

港が気付いたのは二十八歳頃だった。

全く体重は変わってないのに知らぬ間にひっそりと確実にヤツは現れた。

さらに……二人産んでいる筈の腰回り、お腹回りはキュっとくびれている。

その素晴らしい土台の上に稀に見る爆乳。

ローズ・アリシア・ロイヤル様……只者ではない。

主催者として三兄弟は一番に王子と姫に自己紹介と挨拶をする。

王子と姫も美しい顔立ちではあるが、ローズ程のインパクトはない。

さらっと（ギリギリ失礼のないように）自己紹介と挨拶を済ませ、スッとその場を離れる。

そして、揃ってローズの元へ向かう。

「ローズ様。お初に御目にかかります、長男のゲオルグ・スチュワートで御座います」

「次男のウィリアム・スチュワートで御座います」

「長女のエマ・スチュワートで御座います」

王子と姫に挨拶した時よりも明らかに丁寧な臣下の礼をする。

ローズ・アリシア・ロイヤルは美しい所作で三人の臣下の礼を解き、笑顔を向ける。

また、港の美女センサーが反応する。

ほうれい線すらない……だと？

女神なのか？

女神なのか？

もう、人間の域を超えている。

ローズは不思議そうに三兄弟を見て、尋ねる。

「あなた達……他の者のようにエドワードとヤドヴィガとお話ししなくて良いの？」

エドワード・トルス・ロイヤル王子とヤドヴィガ・ハル・ロイヤル姫は王族とお近づきになりたい令息と令嬢に囲まれている。

ローズから見れば、普段通りの安定した冷たい表情の王子と、人見知りを最大限に発揮した姫だが、黒髪はこの国の人間には素晴らしく魅力的に映ることは嫌というほど知っている。

三兄弟の反応はとても珍しい、今までにない反応だった。


声まで……綺麗……とか……あり得るの？

ローズの先程までレオナルドに使っていたわざとらしい甘い声ではなく、素の澄んだアルトの声にまた、港の美女センサーが反応した。

もうずっと頭の中でピーピーピーピーとセンサーの警報音が鳴り響いている。

「はい！　私はローズ様とお話ししたいのです。ローズ様はどうしてこんなに綺麗なのですか？　ローズ様は女神様なのですか？　具体的には肌のキメ細やかさが絹を超えています！　髪も絹糸よりさらさらしています！　あとスタイルが完璧です！　あれ？　女神様ですか？　天はどこまでローズ様を特別あつか……むぐうっ」

思いの丈を夢中で喋っている途中でウィリアムに口を塞がれる。

推しを目の前に早口に喋り捲るのは、オタクの因果なのだ。

「姉様、興奮し過ぎです」

「ぷはっっ！　でもウィリアム！　この美しさは並大抵の努力ではないわっ！　それになんと言っ

ても爆にゅ……むぐうっ」

　また、塞がれる。

　今度はゲオルグだった。

「申し訳ありません、ローズ様。妹は夢中になると周りが見えなくなる質でして、美しいローズ様に興味津々なのです」

「ぷはっっ！　兄様もよく聞いて！　ローズ様は天然の美しさに加え、節制と努力と……最高品質のケアも怠ってないで……すと……？」

　エマがじっくりとローズの顔を覗き込み、更に驚愕している。

　前世コスメオタクの港の美女センサーは高性能の感知能力を誇っている。

「重ねて申し訳御座いません」

　ゲオルグとウィリアムが同時にエマの頭を掴み強制的に頭を下げさせる。

「ふっふふふ、ほほほほっふっふふふ、ほほほほ」

　ローズが三兄弟のコントのようなやり取りを見て思わず笑う。

　ふっと初めの息が出ると、止まらなくなったのか口許を押さえ、くつくつと肩を震わせて笑う。

「笑い方も可愛い！」

「エマ！」

「姉様！」

「ふっふふふっ、ほほほほ」

また、おもむろにコントが始まる。
ローズ・アリシア・ロイヤルはその日、ずっと三兄弟をはべらせ笑い続けた。

第十五話　ローズ・アリシア・ロイヤルの憂鬱。

ローズ・アリシア・ロイヤルはいつもイライラしていた。
侯爵家に生まれ、それなりの教育を受け、それはそれは美しく成長した。
その美しさは、王都まで知れ渡っていた。
学園に通うために王都に居を移して初めての社交界で王に見初められ、側妃になった。
王は若くて（爆乳の）、美しい（爆乳の）側妃に夢中になるや直ぐに子ができた。

ここまでだ。
自分の半生を思うといつもここまでだ……と思う。
ずっと注目されてきた。
小さな頃から自分が世界の中心だった。
なのに。

王子が生まれた途端に皆が皆、王子を、王子を、王子の黒髪を、一番に見る。
次に私を見て、王子を褒める。
王子の髪は、王族の誰よりも黒々と艶めいて人々を魅了した。
自分は王子の付属品になったように感じた。

可愛くないわけではない。愛してないわけではない。

可愛いから、愛しているからこそ、このもやもやした気持ちをひたすら隠して誰にも気付かれないように日々を過ごした。

唯一の救いは、王の寵愛。王は私を見てくれる。これだけは失うわけにはいかなかった。

ちゃんと側妃の立場をわきまえ、王妃と共に王を支えた。


十年。なんとかやり過ごした。

十年。私は、私ではなく、王子の母親として扱われた。

何が不満なのか、誰も理解してくれなかった。

説明すればするほど我が儘、傲慢と陰で囁かれる。

そんなギリギリの精神状態で二人目の子供を産んだ。

王にとって初めての姫を。


兄同様、真っ黒な髪をもって生まれた姫は王に溺愛され、ついに私は、王にすら一番に見てもらえなくなった。

王の関心を少しでも取り戻そうと、高価なドレスやアクセサリーを身に着け、肌も髪も磨いた。

美しく、より美しくと追求した時間も労力もお金も、日々愛らしく成長する姫の前では意味を成さなかった。

そして、王子の母親としか見なくなった者達がいつしか自分を蔑みの目で見るようになった。

金遣いの荒い側妃だと。

王にも王妃にも、咎められることが増えた。

意味を成さないと分かっていても、美への追求を止めることはできなかった。

止めたらどうなるか怖かった。

悪い噂ばかりが広がってゆく。

公の場に出る機会が減らされてゆく。

王が会いに来る回数が減ってゆく。

どんどん立場が悪くなるように感じる。


美しく磨いた体を活かすドレスを纏えば品がないと言われ、かといっておとなしくすれば誰も話しかけてこなくなる。

それならいっそのこと、金遣いの荒い品のない側妃になってやろうか。

ずっと腹の中でどす黒いもやもやしたものが住み着いている。イライラが治まらない。


久しぶりに届いた王からの手紙には、暫く故郷で静養しなさいと書いてあった。

故郷は王都から遠い。離れれば、もう王は私を忘れるだろう。

実家で静養していても、イライラが治まることはなく、全く見る機会のなかった故郷の人々はよりあからさまに、王子の黒髪を特別視した。

まだ、幼い姫は仕方がないにしろ王子まで一緒に王都から遠ざける裏には王妃が絡んでいる気がする。

ずっと協力して王を支えてきたが、王妃の産んだ第一王子よりも第二王子の息子の方がより髪が黒いだけで、頭の悪い一部の貴族が次の王にと派閥ができ始めている。

息子は、王族として相応しい行動ができない私を冷たい目で非難する。

娘は常にイライラしている私の顔色ばかり窺っている。

王子は十五歳、姫は五歳になっていた。

この歳まで婚約者が決まっていないのは、王族としては珍しかった。

気晴らしと暇潰しで婚約者候補の下見と称して王族の身分を隠し、近隣貴族のお茶会に参加することにした。

王子と姫の髪色で早々に露見するが、バレた時の貴族達の慌てようを見て笑い、追い討ちのように意地の悪いことを言ってはイライラを紛らわしていた。

そんな中で、スチュワート家のお茶会の噂が聞こえてきた。

王国一豊かなパレスの領主が、子供達の婚約者を探していると。

パレスまでは遠いが、金遣いの荒い品のない側妃としては仲良くしたいところである。

三兄弟のうちの一人娘が王子と婚約でもすれば、幾らか使える金も増えるかもしれない。

そんな打算的な考えを砕くかのように参加を断られてしまったが、後日招待された者達からの噂が耳に入る。

「長男のゲオルグ様は十五歳にして魔物狩りで活躍できるほどの腕を持ち、硬派でしっかりしていて年下の子供達の面倒をよく見る素晴らしい方だ」

とか、

「長女のエマ様はおとなしい性格で人見知りのようだが、一生懸命招待客をもてなす姿は守ってあげたくなるようないじらしさ。何よりも笑顔がとんでもなく可愛い。とにかく可愛い。ものすごく可愛い」

とか、

「次男のウィリアム様は儚げな美少年で子供達に付き添っていた母親、メイドをメロメロにしていた」

とかである。

遠慮や忖度のない子供達がメインのお茶会で、ここまでいい噂しかないのはあり得なかった。

しかし、どんなに噂を集めても悪口など出てこないのだ。

身分を偽った嘘の手紙で断られたのも偶然ではないのかもしれない。

スチュワート伯爵家はここまで完璧な情報操作ができるほどの家なのだ。

是非（ぜひ）、会ってみたいものだ。


折良く、王都に居る筈（はず）のアーバン・スチュワートが隣（となり）のキアリー領に宿を取っているという情報を偶然にも手に入れることができた。

直ぐに使いを出し、言伝てする。

ここまですれば断られないだろう。

程なくして、スチュワート伯爵家からお茶会の招待状が届く。

いつも通り、一時間ほど遅（おく）れて到着（とうちゃく）する。

スチュワート伯爵が出迎（でむか）えてくれ、ここで違和（いわ）感を抱（いだ）いた。

すぐには何か分からずに、いつも通り、スチュワート伯爵夫人の前で伯爵に甘（あま）い声を出す。

ここでもまた、違和感を覚えた。


王都一裕福（ゆうふく）な領主にしては広さも派手さも足りない屋敷（やしき）だったが、堅実（けんじつ）でこざっぱりとした造りは好感が持てた。

広間へ案内され臣下の礼を解いて一同が顔を上げた時、やっと違和感の正体に気が付いた。

二十人ほどの子供達とその付き添いの親やメイドがいつも通り、王子を見ている。

王子の黒髪を一心に見つめている。

その中で三人だけ、兄弟と思われる子供達が私を見ていた。

他の者が王子を見るような表情で、王子ではなく私を見ていた。

身に着けた飾りが紫色なので、多分、スチュワート伯爵家の三兄弟だろう。

そして、つい先程のスチュワート伯爵と伯爵夫人も王子の黒髪を無視し、一番に私を見ていたことに気付く。


スチュワート伯爵家だけが私を見ていた。

それは王子が生まれてからずっと、私が追い求めていた視線。

私を見た瞬間、誰もが美しいと息を呑む。

あの頃の懐かしい感覚。

スチュワート伯爵家が私の美に称賛の目を向けていた。

たったそれだけのことに、じわじわと心が満たされてゆく。

王子の母親としてではなく、純粋なローズ・アリシア・ロイヤル一個人として今、認識されているのだ。


その後、三兄弟は息子と娘に簡単な挨拶を終えると、私の元に来た。

おとなしい性格と噂されていた長女のエマが、怒濤の如く私の美を称える。

両脇の兄と弟から注意されても挫けることなく、子供とは思えない着眼点で褒めてくる。

その様子が可愛くて、可笑しくて、笑いが止まらなくなってしまった。

こんなに心から笑ったのは何年ぶりだろうか。

私はいつから笑っていなかったのか、笑い方すらも忘れたと思っていたのに。

一つ、確かなことがある。

長女のエマ・スチュワートはとんでもなく可愛い。とにかく可愛い。ものすごく可愛い。

戯(たわむ)れで、エマちゃんうちの息子の嫁(よめ)に来る？　と訊(き)いたら、

「失礼ながら王子より、ローズ様と結婚(けっこん)したいです！」

なんて答える。

本当に可愛い。

うちの息子には勿体(もったい)ないくらい可愛い。

第十六話　推しが尊い。

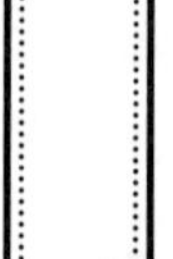

「アーバン様、この鳥みたいなのはどっちですか？」

狩り終わった魔物の選別作業中に一人の若い狩人が魔物を指差して、尋ねる。

「それはコカトリスだ。毒を持っているから、黒いコンテナに。ああっ素手では触ったら駄目だよ！」

いつもは兄とゲオルグが狩りに出ているが、王族を招いたお茶会を欠席できず、アーバンが代打での出陣である。

数年ぶりの狩りでも、体が勝手に動く程度には、スチュワート家の男は家業を叩き込まれている。

パレスの狩人の腕は一流だが、今日は出現した魔物の数が多く、選別作業に時間がかかっていた。


この世界、人間の領土はまだまだ少なく、大陸の殆どは魔物によって占拠されている。

何故か海周辺に魔物は出現せず、人間の生活圏は海に囲まれた島か、王国のように結界で守られた土地のみであった。

結界には【ゆらぎ】が生じるために魔物を百パーセント防ぐことはできない。

少しでも魔物の脅威を避けるため、大陸にある国も全て海に面している。

国同士の行き交いに陸路はなく、魔物のいない海を船で行く航路しかない。

王国も海に囲まれた半島に、大昔の魔法使いが王都を中心に張った結界の中に建国された。

辺境のパレス領は王国大陸側の結界の境に位置し、魔物が定期的に出現する。

辺境領主は魔物を狩る力と選別する膨大な知識がなくては務まらない。

跡取りのゲオルグは魔物狩りの力は申し分ないが、この選別するための知識にやや不安がある。

逆にウィリアムは狩りの技術は未熟だが、知識の方は着々と身に付けている。

まるで自分達兄弟とそっくりに育ってしまっている。

父親の死後も勉強が苦手だったレオナルドが、魔物の知識を死に物狂いで身に付けていてくれたお陰で、アーバンは遠く離れた王都の大学に行くことができた。

ゲオルグには兄のように、跡を継ぐための勉強を頑張ってもらわなければ。


数百名いるパレスの狩人が狩った魔物は選別され、様々な用途に役立てられる。

選別の最終チェックは必ず領主の血筋の者が責任をもって行わなければならない。

選別は領民の命と直結している作業なのだ。

狩られた魔物は、
①食糧
②衣料品（毛皮、革製品）
③工具、武器（骨とか角）
④廃棄

に分けられる。

さっきのコカトリスのような毒の強いものを食糧として選別すれば、食べた領民は全員死ぬことになる。

出現率が低い上に見た目が鳥っぽく、素人は食糧に入れたがる傾向にあるので、要注意な魔物の一つなのだ。

コカトリスは④廃棄に分類されるが、これも無毒化してから廃棄になるので手間がかかる。

季節で毒を持つ魔物も、水に触れると発火する魔物も、剣で斬ると分裂して増えてしまう魔物も、全て覚えて選別しなくてはならない。


一通り選別を終えたアーバンは、後始末を狩人に任せ家路につく。

色の違うコンテナに選別した魔物を入れてしまえば領主の仕事は終わりで、それぞれの行き先に運ぶのは狩人の仕事だ。

今回の廃棄はコカトリス一体だけなので、無毒化のテキスト番号を記し処理場へ、残りは市場に買い取ってもらう。


帰る足が重い。

アーバンの前では誰も文句は言っていなかったが兄一家の性格上、王族を敬い奉ることはない。

権力意識もうっすい彼らだから本心では面倒な事と思っているはずだ。

うっかり王子と姫の使いにつかまってしまったのは申し訳なかった。

王子と姫の母親、側妃のローズ・アリシア・ロイヤル様は王都での評判が良くない。

金遣いが荒く、我が儘で傲慢。

側妃の身でありながら、自分の産んだ王子を次期王にしようと画策している……という噂もある。

人の悪意等とは無縁の兄一家があの方との会話に堪えられるのか。

なるべく早く狩りを終わらせ、自分が間に立って助けたかったが、もう日も暮れかかっている。

遠方からの招待客が多い今日のお茶会はとっくにお開きになっているだろう。

帰る足は重くても馬の足は速い。

馬車ではなく、鞍を付けて乗馬しているのだから重い心とは裏腹に、すぐに屋敷に到着する。

天使のようなエマが傷ついていなければ良いが……と家族が寛ぐための部屋の扉を開ける。


兄と三兄弟が、それぞれ床に直に腰を下ろし猫にくるまっていた。

初めて見た時は驚いたが、一週間もすれば不思議と慣れるものだ。

床に直に腰を下ろすどころか寝そべっていることさえある。

はしたないとか汚いとか思うところはあるが、新しくこの部屋に敷かれたカーペットの上は靴を脱ぐのが決まりとなっているようだった。

そもそも猫というのは早々にくるまれるモノでもない、というのは何度指摘しても兄一家には伝わらない。

エマは大抵、コーメイと呼ばれる三毛猫にくっついている。

散々可愛がっている叔父の自分といるよりもリラックスした、心からの笑顔を猫に向けている。

なんか悔しい、でも……可愛い。

ゲオルグは黒猫のかんちゃん、ウィリアムはもう一匹の三毛猫のリューちゃん、兄夫妻は白猫のチョーちゃんといることが多い。

それぞれの推し猫がいるんですよ、と以前ウィリアムが言っていたが、推し猫ってなんだ？

「アーバン、お帰り。無事に狩りは終わった？」

兄のレオナルドが猫にくるまり、毛の長い白猫をブラッシングしている。

「ただいま帰りました兄上。今日はコカトリスが一体出ましたが、他は珍しい魔物はいませんでしたよ」

「コカトリス？」

ゲオルグが？マークをつける。これは滞在中、つきっきりで教えなければ。

「兄様、コカトリスは鳥みたいなやつですよ！」

ウィリアムが説明する。

ウィリアム大正解。

「兄様、ＦＦにもドラ〇エにも出てくるやつです」

何故かエマも説明する。

ＦＦ？　ドラ◯エ？　聞き取りづらい聞いたことのない単語が並ぶ。

「ああ！　毒持ってるニワトリ？」

よく分からない単語が通じたのか、ゲオルグが正解する。

「そうです。毒を持っているから食用にも服にも工具にもできません。無毒化廃棄です！　テキスト番号二十八です」

ウィリアムがすらすらと答える。

とても記憶力がいい。流石あの量の蚕のサンプルを、間違えずに試験をやり遂げただけある。

「なんか……ゲーム知識が役に立ちそうな予感がする」

ゲオルグも何か掴んだようだ。

「じゃあ！　私かるた作ってあげる！　魔物かるた！　遊びながら覚えればいいよ」

最近、エマの言うことの何割か、理解できないのが辛い。

ゲオルグは喜んでいるし、ウィリアムも乗り気だし、そっとしておこう。……寂しいけれど。

「あの……今日のお茶会はどうでした？」

誰も落ち込んでいる素振りは見せないが、やはり気になって訊かずにはいられなかった。

「「「すっごく楽しかった‼」」」

三兄弟が興奮気味にハモる。

三兄弟にとって初めての王族、王子と姫の黒髪は畏れ多いほどの美しさだと言うし、ローズ様の我が儘など印象に残らなかったのだろうか。

それでも兄夫妻は気を揉んだのではと兄を見ると、満足そうに兄弟達に頷いている。

「あんなに綺麗な人がいるとはね」

兄すら王子と姫に夢中になっては、自己主張の強いローズ様が派手にお怒りになったのでは……。

「叔父様！　私、今度ローズ様のご実家に招待されたのですよ！　凄く楽しみです」

エマが嬉しそうに言う。

エドワード王子の黒髪を見て、心を奪われない女の子はいない。

王都でよく聞く話ではあるが、まさか、うちの可愛いエマまで……。

「エマ、黒髪の王子に憧れるのは分かるけど、ローズ様はあまり王都では評判の良くない方。婚約相手としてはちょっと、考えた方が……」

「ええ？　ローズ様、評判良くないの？」

ウィリアムが何故か驚きの声をあげる。

「ドレスとか色々、お金の使い過ぎだったり、そのドレスもその……露出が激しく、品がないとか……」

エマが小刻みに震え始めた。何かローズ様から嫌がらせでもされたのだろうか。

「王都の人たちは何も分かってないようね」

エマがため息を吐く。

「あのローズ様の美しさに必要なお金なんて微々たるもの！」

「……ん？」

「日々の積み重ねで得られる努力の結晶とも言える体に纏うドレスが、安物で良いわけないわ！」

「……ん？」

「惜しみなく私たちにその美しい体を晒して下さっているのに、品がないとか言う人の品性がまず疑われます！」

「……んん？　エマ……なに？　……え？」

「ローズ様は国の宝です。国宝が高価なのは当たり前じゃないですか！」

周りを見ると、レオナルドもゲオルグもウィリアムもエマの言葉を肯定するように頷いている。

久しぶりに帰郷してから、たまにある疎外感に気付く。

「え？　エマは王子の黒髪じゃなくてローズ様が好きなの？」

「叔父様？　王族の髪が黒いのは当たり前でしょ？」

あれ、自分がおかしいのか？

「ローズ様の美ボディを叔父様は何とも思わないのですか？」

エマに駄目だコイツみたいな目で見られている。

叔父さん立ち直れなくなりそう。辛い。

実際、王都の社交界で何度かお見掛けしたことはあるが、いつも近くに王子か姫がいた。

アーバンとて黒髪は畏怖の象徴、ローズよりもそちらに目が向くのは仕方がない。

「アーバン……女性を見る目がないね」

さらに兄に可哀想な子を見る目で見られる。

いや、ゲオルグもウィリアムもそんな目でこちらを見ている。

「国がそんなケチ臭いこと言うなら、ローズ様のお衣装だけでもうちが作りませんか、お父様」

ゲオルグが突拍子もないことを言い出す。

王の側妃の衣装代なんて物凄い額になる。

ローズ様は特に金遣いが荒いと非難されていると言ったばかりだ。

パレスの絹は王国一の高級品、それこそとんでもない額になってしまうのではないか。

「良い案だな！　ゲオルグ！　そうしよう！」

兄レオナルド。まさかの即答！

「お父様！　生地は全てエマの小屋で作った絹を使いましょう。あの美しい体を飾ることができるなんて創作意欲が湧いて仕方ありません！」

ヒィッ！

これも帰郷して分かったことだが、パレス産絹の中でも一番貴重で高品質、高価なのはエマが育て上げた蚕の絹である。

しかも、生産量が少なく、一般の市場には出回らない超レア物なのだ。

それを全てローズ様の衣装に使うなんて天文学的な値段となるだろう。

「エマ……そんな事をしたら、うちが潰れてしまうよ！」

「……？　大丈夫ですよ、叔父様。在庫はいっぱいありますから。実は、ここだけの話、ヨシュアのお父上が市場価値を上げるために小出しにしましょうってことになっているだけなのです」

商人の知恵なんですってと呑気にエマが笑う。

パレスの絹の販売は全てヨシュアの父親の経営するロートシルト商会が独占している。

スチュワート家より商会の方が断然裕福なのは、この父親の手腕によるもので、面倒な事が苦手で人のいい職人気質のスチュワート家には必要不可欠な存在である。

ぶっちゃけ、殆ど任せっぱなしの頼りっぱなしなのだ。


こうして、その後のローズ・アリシア・ロイヤルのドレスの生地は、お金を積んでも手に入れる事すら困難な幻の絹、【エマシルク】で作られることになるのだった。

スチュワート家は全く関知しないことだが、王都では消えかけていた第二王子の派閥の筆頭貴族として急浮上し、いずれは第二王子が王に、スチュワート家の長女が王妃になるために画策しているのではと噂が流れることになる。

スチュワート家は莫大な財産を使い、国を我が物にしようとしている。

金のために側妃ローズは王子と姫をスチュワート伯爵家に売り払った。王子と姫は操り人形。

ローズと共にスチュワート伯爵家まで評判が悪くなったが、辺境の地に住む一家には知る由もない。

どんなに悪くなったとしても、貴族はパレスの絹をやめられない。

一部、第一王子派閥の貴族が不買運動を敢行したが、他国への輸出が増えただけで大したダメージはなかった。

むしろ輸出の方が儲かるので潤ったくらいなのだ。

評判が下がるほど売上が伸びる。

商人であるヨシュアの父親の力もあり、のほほんと暮らしているだけのスチュワート伯爵家が一年後、王都で暮らすようになるまでに更に莫大な財産を築き上げていくのであった。

第十七話　着せ替え人形。

王子と姫を招待したお茶会から一か月。

スチュワート伯爵家と側妃ローズは順調かつ、頻繁に交流していた。

ローズの実家、バレリー侯爵の屋敷を訪れた三兄弟は大量の荷物を持ってきていた。

「エマちゃん今日はお泊まりだとしても随分と大荷物ね、何を持ってきたのかしら？」

使用人だけでなく、三兄弟も大荷物を持って屋敷に入ってくる様子を、二階の窓からローズは眺めていた。

「お母しゃま、エマちゃんが来たのですか？」

ヤドヴィガ姫が母を見上げながら嬉しそうに訊いてくる。

お茶会の時は人見知りして殆ど話さなかった姫だが、この一か月でエマとおしゃれをして遊び、ゲオルグに肩車してもらい、ウィリアムに甘いお菓子で餌付けされているうちにすっかり懐いてしまった。

兄のエドワードと違い、子供らしい遊びにも全力で付き合ってくれる三兄弟は、姫にとっては初めての友達と呼べる相手だった。

「今着いたところよ、ヤドヴィガ。今日は何をして遊ぼうかしら」

あれだけ毎日イライラしていたのが嘘のように穏やかな顔でローズは答える。

三兄弟は会う度に欲しい言葉をくれるし、王子や姫の黒髪を崇拝する素振りも全くなかった。

顔色を窺いながら恐る恐る母に話しかけていた姫も最近では甘えてくるようになり、娘との親子関係すら改善されている。


あのお茶会からずっと穏やかで幸せな日々が続いているのだ。

それなのに、思いがけず王都に帰って来いという手紙が届いた。

王からの命令には逆らえないので急ぎ準備をする中で、スチュワート伯爵家にも来週、王都に帰ることになったと手紙で知らせた。

三兄弟からは王都に発つ前に一度伺いたいとの手紙が来た。

それならば、最後なんだからお泊まりにいらっしゃいと提案した日が今日なのだ。

お互いの屋敷を行き来するには馬車で三時間以上かかるために、毎回滞在時間が短いと残念に思っていたので、ローズもヤドヴィガも今日のお泊まり会を心待ちにしていた。


コンコン……と控えめにノックされ、執事が大量の荷物と共に三兄弟を連れて入室する。

三兄弟の寝室は用意してあるので、お泊まり用の荷物ではないみたいだ。

「ローズ様。スチュワート伯爵家のゲオルグ様、ウィリアム様、エマ様がお見えです」

執事の後ろにも使用人達が数人、荷物を持っている。

「皆さん、運んでもらってありがとうございます！」

エマの言葉にゲオルグとウィリアムも一緒に礼を言う。

この三兄弟は毎度、屋敷の使用人からコック、庭師とどんな人間にも直ぐに感謝の言葉を告げる。

「滅相もございません。これが私どもの仕事でございますので。では、お飲み物を用意して参ります」

普段から当たり前のようにしている仕事に礼を言われ、まだまだ慣れない使用人が一瞬動きを止めたが、ベテランの執事が如才なく答えて退出する。

「エマちゃん達は誰にでもありがとーって言うのねー？」

姫がなんでなの？　と訊いている。

王城ではあまり見られない光景で、不思議なのだろう。

貴族も伯爵くらいになれば、屋敷に使用人がいるのが当たり前である。

執事の言うとおり、それが仕事でお礼を言われる事でもない。

「姫様、感謝って意外と言わなきゃ伝わらないのですよ？　お仕事だとしても嬉しかったら、ありがとうって言っていいんですよ！」

エマが腰を落とし姫と目を合わせて話す。

ヤドヴィガがふんふんとエマの言葉に相槌をうち、

「じゃあ、エマちゃん達！　今日お泊まりに来てくれてありがとう。ヤドヴィ凄く嬉しいの！」

「ぐうかわ‼」

ウィリアムが奇声を発し、エマに睨まれる。

「姫様、私も嬉しいです。ありがとうございます！　ローズ様も、本日はお招きいただきありがとうございます！」

ここでやっと三人が臣下の礼をする。

早い段階で、堅苦しい挨拶はしなくていいと言ったのだが、取り敢えず一回だけでもローズ様の美しさに敬意を表させて下さい！　と懇願されてしまったために、三兄弟は毎回、それはそれは丁寧な礼をしてくれるのだった。

「さて、今日は何をして遊びましょうか？」

交流と言っても相変わらず普通に遊んでいる。

社交界の情報交換や貴族間の牽制やマウンティング、弱いものいじめ等々王都で交流すると言えばこの類なのだが、一か月経った今も三兄弟は全くもってそれをする素振りがない。

遊びと言っても湖畔に舟を浮かべ優雅にお茶を楽しんだり、宝石商を呼び寄せアクセサリーを見繕ったり、自慢のコレクションを見せびらかしたりする所謂貴族の遊びではなく、かくれんぼや鬼ごっこといったヤドヴィガがメインの遊びである。

「僭越ながら今日は……」

「エマちゃん？　臣下の礼が終わったあとは？」

堅苦しい言い回しを見とがめて注意する。

「すみません！　言葉遣いは友達でした！」

伯爵家の癖に三兄弟は敬語が下手くそだ。

自覚もあるようで、常に仰々しくなるので普通に話せと言ったのが前回のままごとの時だった。

コホンっと小さく咳をしてエマが話し直す。

「ローちゃん今日は着せ替えごっこをしよう！」

言葉が雑になると緊張も和らぐのか、実に生き生きしている。

「では、お人形を持ってこさせるわね」

「その必要はありません！」

ウィリアムがポケットからキャラメルを出し、ヤドヴィガに渡しながら答えた。

「お人形はローちゃんがやるんですよ」

ゲオルグがヤドヴィガを膝に乗せながら続いて答える。

やはり、微妙に敬語が直らない。

「わたくしが？」

ローズがきょとんとしていると、三兄弟は目配せしてから持ってきた大量の荷物を解いてゆく。

「まぁ！」

「ドレス！　いっぱい！　きれい！」

ヤドヴィガと一緒に感嘆の声を上げる。

それは色取り取りのドレスであった。

「本当はあともう少し作りたかったけど、王都に戻るって聞いてできてるのだけ持ってきたの」

エマが一着をローズに見せ、ローズの方が背が高いので持ってきた荷物の箱の上に乗って肩口を合わせる。

「お母しゃまきれい！」

ヤドヴィガがはしゃいでいる。

合わせられたドレスに触れると信じられないくらい、つるりとした肌触り。

いつも着ているドレスに比べ露出箇所の少ないシンプルな紺色のドレスだが、布地がいつもの絹とは段違いに柔らかい。

「この……生地は？」

「うちのエマシルクですよ」

ゲオルグがなんでもないように答える。

「！！！！！！」

エマシルク！

伯爵の愛娘の名が付けられ、同じ重さの黄金より高価だと噂されている、あのエマシルク？

市場で見ることですら稀で、パレスの絹全ての商品を唯一扱っている商会へのコネがなければ見ることも叶わないという、あのエマシルク？

あまりの値段に、リボンや小物、ドレスのごく一部でしか使われないらしい、あのエマシルク？

「やっぱり、ローちゃん紺色似合う！　知的美人度がすごいわー」

ローズは生地に触れる指すら震えるのに、エマは呑気にドレスを掴んで褒めている。

ゲオルグもウィリアムもうんうんと頷きながら、まだまだある荷物を解いている。

ぱくぱくと口は動くのに声が出ない。

よく見ると、このドレス……一部じゃなくて一着全てがエマシルクでできている。

この一着で屋敷が買えるとか言わないわよね？

「ウィリアム！」

エマがウィリアムに声をかけ、持っていた紺色のドレスをポイっと投げる。

正気か？　この娘⁉

「じゃエマ、次俺のオススメ！」

そう言ってゲオルグが赤いドレスをポイっとエマに投げる。

真っ赤なドレスはエマに見事キャッチされ、またローズに合わせられる。

つるりとした感触は先程のドレスと同じである。

……今投げたのも？　エマシルク？　正気か？　この兄弟……。

目の端では紺色のドレスを受け取ったウィリアムが荷箱にドレスを丸めて入れている。

「ウィリアムくん！　ドレスが傷んじゃうから！」

思わず叫んでしまう。叫んだ拍子に手が赤色のドレスに当たり、心臓がキュっとなる。

指輪してなくて良かった。

「ローちゃん、エマシルクはシワにならないし、絹糸一本一本が強いから雑に扱っても大丈夫だよ？」

エマがにっこり笑う。

「お母しゃま！　赤いのもきれい！」

エマシルクの価値を知らないヤドヴィガもはしゃいでいる。

赤いドレスは黒の絹糸で細かく花の刺繍がされて、紺色のドレス同様に露出は少なめかと思いきや、ドレスの裾から腰下近くまで深いスリットが入っており、歩く度に脚がチラチラ見えるデザインとなっていた。

「姉様！　次は僕のイチオシで！」

ウィリアムがレモン色のドレスをエマに渡す。

レモン色の生地に蔦が絡んで見えるように鮮やかな緑色のビーズが縫いつけられている。

前から見れば初々しい清純なデザインのドレスだが、背中は大胆に開いて布地のない部分にもビーズが繋がり素肌を心許なく隠す。

前後ろで全く違う印象のドレスの生地もまた、エマシルクであった。

「このドレスもきれいですー」

ヤドヴィガがうっとりとビーズがキラキラ反射するドレスを見つめている。

「この三着、着てみて！」

エマがローズ付きのメイドにドレスを渡す。

王子が図書室にいるので挨拶してくると、着替える間はゲオルグとウィリアムは席を外す。

可哀想なのはドレスを渡されたメイドで、高価過ぎるドレスを持ってガクガクと震えている。

「ロッローズ様！　私こんな貴重なドレス触るの怖いです！」

涙目でローズに訴える。

ローズも正直着るのが恐い。

素晴らしいドレスだが、何かあったときの弁償額を思うとただただ恐い。

「エマちゃん……これを着るのはちょっと……」

「お気に召しませんか？」

エマが不安そうにしゅんとして尋ねる。

「とっても素敵なドレスだけど、汚したり傷が付いたときに弁償できないわ」

一国の側妃が情けないことだが、エマシルクはそれほど高価なものだ。

しかし、エマはきょとんと首を傾げて少し考える。

「ああっ！　このドレスは全てローズ様のものですよ？　私達からのプレゼントです！　汚しても傷が付いても弁償などは必要ありませんし、エマシルクは普通の絹より丈夫ですので扱い易い素材です」

「ぷっプレゼント？」

まだ、合わせていないドレスが二十着ほどある……これ全部？

「そんな！　こんな高価なものは貰えないわ」

金遣いの荒い側妃とはいえ、この程度の良識はある。

こんなもの貰っても返せるものがない。

「大丈夫です、ドレスのデザインは私がしました。飾りものは兄が作りましたし、ウィリアムがビーズを付けました。デザインから縫製まで全て家族でやったので、人件費はかかっていません。スチュワート家の者は物心ついて直ぐ家業の手伝いをするので一通りのことはできるのです」

この短期間に二十数着のドレスを作り上げるのはただ事ではないが、家族全員ローズの美しさに触発され、興が乗ったとしか言いようがないテンションで、あーだこーだしているうちに出来上がってしまったのだ。

家族団欒の時間はずっとローズの話をしながら手だけが高速で動き、ドレスが完成していった。

「それに、サイズもローズ様専用に作ってあるので他の方に着せても合わないですし」

「私専用？」

ローズと同じスタイルの女性など見つからないだろう。

そもそもローズはエマにサイズを測られた覚えがない。

「私は小さな頃から虫の観察と服作りばかりしていたので、サイズなんかは見れば分かります！」

スチュワート家の家業とエマの趣味が融合し備わった特殊能力だが、屋敷の使用人の誕生日など、サプライズプレゼントとして服を贈る時くらいしか役に立たない。

この子……ぽやんとした見た目に反してできる。

ローズは目の前の少女のその才能に震撼していた。

ドレスのデザインも縫製もプロ顔負けの仕事に見えるし、何よりドレスを作る時には何か所も寸法を測らなくてはならない。見ただけで分かるなんて到底信じられない。

「でもね、エマちゃん。この生地はとても高価でしょ？」

気になるのは、やはりエマシルクの貴重さなのだ。

「エマシルクですか？　これは虫好きの私が叔父様の研究をもとに改良したもので、実は家に沢山あるんです。商会も中々、売ってくれないので増える一方で、ローズ様に着て頂ければ無駄にならなくて助かるんですけど……」

「エマちゃんが作ったのー？」

それまで黙っていたヤドヴィガが、会話に参加する。

「そうですよー、絹は蚕という虫の繭からできるんですよ。私は小さい頃から虫が大好きで虫の事ばっかり考えていたので、スチュワートに生まれてなかったらどんな目で見られていたか……」

今も大概奇異の目で見られていると誰か教えてやってくれ。

この家にして、この子あり。エマは成るべくして成り、育つべくして、育ったのだ。

普通の令嬢が同じように育てられることは難しいだろう。

子供の才能をここまで伸ばせるスチュワート伯爵夫妻にローズは尊敬の念を抱く。

「なので、この辺のことは内緒にしてもらえると助かります。私達も来年には王都で暮らすことになるので、できるだけ普通に過ごしたいのです。エマシルクのドレスもローズ様だけが着る分には商会も文句は言わないと言っていましたので着てもらえると凄く嬉しいのです」

「メグ……ドレス着せて頂戴」

まだガクガクと震えるメイドに意を決して指示する。ここまでしてもらって着ないわけにはいかない。後でメグにもヤドヴィガにも秘密を守るように念押ししなくては。

この日、全てのドレスに袖を通したローズの単独ファッションショーは、三兄弟の絶賛と共に幕を下ろす。

ローズの美しさに見慣れている筈の侯爵家の者ですら一瞬、王子と姫のことを忘れ、見とれていた。

貴重で高級な生地はローズを引き立てて、胸元が隠されたデザインは逆にセクシーに、大胆に開いているドレスは素肌の美しさを強調し、ローズのローズによるローズのためのドレスは品よく光り輝くのだった。

第十八話　王子と三兄弟。

ローズがドレスを着替えている間、部屋を出たゲオルグとウィリアムは図書室に入る。

スチュワート家の屋敷にある図書室と比べると広くて蔵書も多く、内容も多岐に亘っている。

直ぐに王子を見つけ、臣下の礼をする。

「エドワード殿下は勉強熱心ですね」

基本勉強嫌いのゲオルグが尊敬の眼差しで声をかける。

王子の前に積み上げられた分厚い本はタイトルだけで難しい内容だと分かるものばかりだ。

エドワードは視線を本から兄弟に移し、ため息を吐く。

「君たちは今日も遊びに来たのか？」

お茶会以降、毎週のごとく訪れては母親を褒めちぎり、ヤドヴィガを手懐けて、使用人にまで気に入られているようだった。

あんな分かり易いご機嫌取りに気を良くする母親も妹も使用人も正直バカなんじゃないかと思う。

自分たちが今、心配すべきはこれからの王都での立ち位置だ。

今まで王の寵愛だけでなんとかやって来たが、母親も三十歳を過ぎ、若さを保つのに必死だ。

他にやることはないのかと呆れるくらい、毎日毎日自分を磨いている。

そんな母親が王都でなんと呼ばれているか、本当に頭が痛い。

自分は王になるつもりなどないし、なれるとも思えない。五つ上の第一王子は申し分ない人柄だし、才覚もある。自分も第二王子として、この王国のために今は少しでも学ばなければならない。目の前の辺境の金持ち伯爵家とは立場が違うのだ。

「今日はローズ様にドレスを何着か作ってきました。今、試着されているので終わったら殿下も一緒に見に行きませんか？　きっと物凄く綺麗ですよ。姉のデザインしたドレスは評判が良いのです」

ウィリアムがにこにこと柔らかい笑みで貢ぎ物アピール＋姉アピールをしてくる。

どうにかしてスチュワート家のエマを自分の婚約者にしようと画策しているのだろう。

見え見えの媚びは不愉快極まりない。

「悪いが勉強が忙しい。私には遊んでいる暇などないのだ」

少し嫌みに聞こえるかもしれないが、このくらい言えば自分は他の連中のようにバカみたいに騙されないと伝わるだろう。

家庭教師に出された問題を今日中に済ませなければならないのに、目当ての本が見つからずイライラもしていた。

「よろしければ、お手伝いしましょうか？」

「君にできる問題ではない」

ウィリアムの言葉を即座に否定する。実際の年齢は知らないが、どうみても年下である。

「殿下、ウィリアムはこう見えてもオレより頭が良いんですよ。訊くだけ、訊いてみては？」

兄のゲオルグが助け船を出すが、そこにプライドはなかった。

無造作に問題用紙をウィリアムに投げる。できるものならやればいい。

そもそも、なぜに家庭教師は大昔の法律の問題なんか出すのだ。資料自体、見つからない。

一通り目を通したウィリアムがふむ……としばし考える。

子供に分かる問題ではない。

「これは、問題が間違っていますね。資料見つからないでしょう？」

ウィリアムが気の毒そうにこちらを見る。

躓(つまず)いている問題を指差し、

「王暦二五六年にはこの法律は存在しません。これができたのは王暦三二六年の局地的結界ハザードが起こった時です」

「は？　何……？」

「局地的結界ハザード……あれは、恐(こわ)いよな」

ゲオルグが急に真面目(まじめ)な顔になる。


局地的結界ハザードとは、魔法使(まほうつか)いに変異した者が現れない時代が長く続き、修復も補強も行われなかった時に、結界の【ゆらぎ】が国境ではない場所で発生し、局地的に結界に穴が開く現象の事をいう。

結界の端(はし)にある領には常に腕(うで)の良い狩人(かりゅうど)がいるが、そうではない領には狩人すらいない所も当時は珍しくなかった。

三二六年の局地的結界ハザードは、まさに王国の中心部近く、ハザードが過去一度も起きたこともなく狩人もいない領地に突如として現れ、甚大な被害が出た歴史的悲劇である。

もともと軍を持つことも許可されていない領で、戦う術を知らない者ばかりだった。

一番近い狩人がいる領から結界の穴に辿り着くまでに三日を要し、その間領民は魔物に蹂躙され続けたのだ。

穴は狩人により特定され、魔物の殲滅と穴の周りに壁を巡らせる作業が同時進行で行われた。

この時魔物を殲滅するのに動いた狩人は十人ほどで、たった十人の狩人が居なかったためにその領では二百人以上の犠牲者が出た。

倒し方を間違えると爆発したり、仲間を呼んだり、呪われたりと魔物の処理は難しい。

二次被害、三次被害が次々と起きたことも犠牲者が増える要因となった。


そこでできたのが、問題にされている「領主魔物管理六か条」である。
①領主は最低限魔物の知識がなければならない。
②ハザードが起きた時のマニュアルを作成し、王政府に提出、許可をもらわなければならない。
③領主一族の男子は王都の学園にて魔物と狩りの教育を受け試験に合格し、魔物を倒す知識と力を身に付けなければならない。
④辺境の領主はハザードが起きた際、積極的に協力し、救済しなければならない。

⑤辺境の領主は定期的に魔物の出現のない領の狩人を自領で受け入れ、教育しなければならない。
⑥魔物の出現の多い領は減税される。

「近年、魔法使いの変異が現れないので、結界の補強がされていません。出題者も局地的結界ハザードが起きた時の対処法を殿下に意識してほしかったのではないでしょうか」

そう言いながらウィリアムは問題に対する的確な資料に成りうる分厚い本を王子に手渡す。

王子は驚きながらもその本に目を通し、更に驚く。

領主が覚えるべき最低限の魔物の知識がずらずらと書かれていた。

恐ろしいことに、この分厚い本全てがそれで埋まっている。

更にはタイトルには第一巻の文字。

「最低限の知識範囲は、第一巻～第六巻です。ハザードで出現する魔物はある程度限られるので」

ウィリアムがにっこりと王子に説明する。

ゲオルグはウンザリした表情で、さらにとんでもない事を言う。

「うちのように結界の端にある領は出現する魔物の種類が多種多様なので第一巻～第三十二巻まで覚えることが暗黙の了解となっています。それでも全ての魔物が本に載っている訳ではないので、領主は代々の知識を継承し、補填して次の代に伝えるのです」

ここまで努力して、辺境の領主が得られるのは微量の減税だけである。

この法律ができてからは辺境の領主の没落が絶えない。

代わりの領主が直ぐに用意できるわけもなく、隣接する領の領主が兼任するのが慣例化した。

それ故に辺境付近の領は軒並み土地が広い。

スチュワート家はこの法律ができてから代々意識的に頭の良い人間や武術に長けている人間を伴侶に選ぶように刷り込み教育される。

その効果があったのかは不明だが、母メルサは王都の学園一の才女であった。

父が土下座して嫁に来てもらった話はスチュワート一族では武勇伝として語られている。

「知らなかった……」

王子がぽつりと呟く。

この国で一番大変なのは、自分達王族であると思っていた。

しかし、他国との交渉術や人心掌握術、帝王学、毎日、毎日やっている勉強に命の危険はない。

ゲオルグは既に魔物狩りで戦力となっているという噂は耳にしていたが、自分がこの本に載っている図のような恐ろしい魔物と日々対峙すると思うと足が震えてくる。

王都でもバレリー領でも魔物が出ることはほぼ皆無だ。

どのページを捲ろうとも魔物の恐ろしさが伝わる。

「こんな……恐ろしい魔物と対峙して怖くはないのか？」

エドワード王子が素直な質問を、ゲオルグにぶつける。

「いや、俺は体動かす方が得意なので……。逆に殿下のように何時間も図書室に籠って本を読むことの方が恐いですね」

苦笑いしながらゲオルグは答える。得意不得意は誰にでもある。

ウィリアムは頭が良いが力がない。エマは行動力と発想力はあるが常識がない。

「俺がラッキーだと思うのは、俺の苦手なところを妹と弟が補ってくれることですね。一人だとやはり限界があります」

あの父でさえ、魔物の知識を覚えるのには苦労したという。

母のサポートがなければ無理だったと、勉強に挫けそうなときに話してくれた事があった。

「兄様……」

普段から蔑ろにされがちな末っ子のウィリアムだが、王子の前で褒められ、必要とされていることを知り感動している。

エドワードは外面だけを見て、スチュワート家を誤解していたと気付く。

ゲオルグは弟妹を認め、自分の弱さを認め、強さを肯定できるしっかりとした長男。

ウィリアムは兄姉を土台から支え、賢さをひけらかす事なく控えめに自分の役目をこなしている。

ではエマはどうだろう？

「では妹はどんな役目を果たしている？　どんな子なんだ？」

王子が他人に興味を持つことは初めてであった。

えっ？　とゲオルグは戸惑いながら答える。

「エマは……その……可愛いです。特に笑顔が可愛いです」

兄弟から見てもエマは変わっている。人の考えの斜め右を左折する。

訳の分からない行動の末、何故か正解の道をショートカットして辿り着く。

エマの虫好きは、スチュワート家の貧乏脱出に大いに貢献した。

しかし、王子にそのまま伝えて良いものか……伯爵令嬢なのに虫を愛する妹……良いわけがない。

答えがしどろもどろになるが可愛いのは事実である。

スチュワート家の男にはそういう呪いがかかっている。

ウィリアムに視線で助けを求める。

「ぼっ僕も最近、お茶会をして気付いたのですが、姉は物凄くモテます！　姉がニッコリ笑うと軒並み皆、恋する顔に変わるんです」

人に言っていい姉の褒めどころが難しい。

虫の知識は膨大で天才と言ってもいいが令嬢としてはどうだろう？　食い意地が張っているのは良いところではないし、ウィリアムに対しては毒舌なので優しいとは言えない。

兄弟の必死の気遣いを勘違いした王子は爆弾発言をする。

「つまり、私の婚約者にふさわしいと？」

「「そんなわけないじゃないですか！！！」」

兄弟が揃って大声で叫ぶ。

「エマは俺の側からなるべく離しませんよ！（何するか分からないから心臓に悪い！）　王家などに嫁がせる訳には行きません！（国がどうなっても良いんですか？）」

「そうです！　姉様を家族から離すわけないじゃないですか！（そんな無法地帯、虫だらけになるよ？）」

「「絶対に殿下には嫁にやりません！（これ以上の被害者を出すわけにはいきません！）」」

二人がえらい剣幕で捲し立てたので、王子は驚きと共に、全く興味もなかった筈のエマへの関心がより強くなる。

男兄弟が騎士のようにエマを護っている。

さながら自分は大事な姫を奪わんとする外敵となった気分だった。

そこへ、

「まあまあ、エマちゃんは本当に愛されているのねぇ」

図書室の入り口から母の声が聞こえる。

振り向けば、品の良い紺色のドレスを纏った母の姿があった。

今まで身に着けていた肌を出すドレスとは違い、極限まで露出を抑えている筈なのに、ピッタリと体の線に添うように作られたそれは、不思議と今までで一番セクシーに見える。

初めて母を心から美しいと思ってしまった。

先程ウィリアムはエマがデザインしたドレスだと言っていなかったか？

ローズと一緒に来ていたヤドヴィガが王子の袖を引っ張る。

「おにーしゃま、お母しゃま凄く綺麗でしょ？」

思わず頷きかけるが、先に恥ずかしさに襲われ口を噤む。

「もー、おにーしゃま！　思っていることは意外と伝わらないんだよ？　ちゃんと言わないとー」

ヤドヴィガがエマに言われたことを真似て、王子に文句を言う。

小さなヤドヴィガから諭され、何故か今日は、素直にそうかもしれないと思えた。

「あの……お母様、とても似合っています。凄く綺麗で見とれてしまいました」

恥ずかしくて、顔を見ながら言えなかったものの、何も言わない母の反応が気になり、顔を上げる。あの気の強い母が、涙ぐんでいた。

そして、とてもとても嬉しそうに王子を抱き締めに来る。

何年ぶりかの母からの抱擁に、一体自分は何を意固地になっていたのかと自責の念に駆られる。

綺麗と言われただけでこんなにも喜んでくれる可愛い人に、自分はどれだけ冷たい目を向けていたのか。


騎士になろう。

その時ふと思った。

自分もゲオルグとウィリアムのように、母とヤドヴィガの騎士になろう。

父王の寵愛がなくなれば、二人を護れるのは自分しかいない。

母の肩越しにニッコリと笑うエマの姿があった。

スチュワート一族のお姫様の心からの笑顔が。

……これは、反則だ。

なんて、なんて可愛い笑顔なんだ。

姫を奪うのはいつだって王子の役目。そんな思いが頭を過る。

一気に顔に血が昇るのが分かった。

どうしよう。エマの前には手強い騎士が二人もいるのに。

あの笑顔を自分のものにしたくなってしまった。


エドワード王子がエマの笑顔を見て、恋する顔に変化したことに気付いたゲオルグとウィリアムは、頭を抱えている。

(何でなんだ？　姉様？　まだ一言も殿下と喋ってないよね？)

(エマ……お前、今この状況で図書室にある昆虫大図鑑全十五巻、見つけてんじゃないよ！　その笑顔早く仕舞えよ！　被害者が増える！)

第十九話　チビッ子名探偵と在ってはならないもの。

翌日はヤドヴィガのリクエストでかくれんぼをして遊んでいる。

広大なバレリー屋敷の敷地内が範囲のために中々見つけてもらえない。

暇を紛らわすために、ぽやぽやとエマは昨夜のお風呂を思い出していた。


せっかくのお泊まりだから、と三兄弟は温泉に入らせてもらえることになった。

この国では珍しい源泉掛け流しの自慢の天然温泉である。

ローズ様公認の美肌の湯は透明でさらっとしているのに肌がしっとりすべすべ艶々になる。

ローズとヤドヴィガとエマの三人が貸し切り状態で足を伸ばして入っても湯船は広く、開放感抜群であった。

そして、入浴中鳴り響く港の美女センサー。

ドレスの上からでは分からないあれやこれやも、ここでは邪魔をするものは湯気くらいなので見放題なのだ。

ローズ様……流石です‼

お腹めっちゃ綺麗！　おへそが縦になってる！　お尻もしっかり鍛えてらっしゃる！　なにはともあれ爆乳！　爆！　乳！　なに？　あの形の良さ！　重力は？　なんで垂れないの？

隣は壁を隔てて男湯となっており、エドワード王子とゲオルグ、ウィリアムも入浴中のため、大きな声を出さないようにローズの美を称える。

「ローちゃんの体に死角はないね。完璧！」

羨ましいなんて、おこがましい。ただひたすら、ありがとうございますと言いたい。

スィーと水を掻き分けローズがエマの近くに寄り、少しイタズラっぽい笑みを浮かべる。

「触ってみる？」

どこを……なんて分かりきったこと。

「いっいいの!?」

ふふふっと妖艶に笑って頷くローズを見るや無意識？いや本能で右手が勝手に爆乳へと吸い寄せられる。

「ふっふおぉぉぉぉぉぉお」

むにゅうからのぽぃ～ん。

柔らかいのに弾力がある……ナニコレ？　ナニコレ？　私知らない。こんな感触私知らない。

前世において体験することのなかったボリューム感に夢中になりつつも押し寄せて来る悲しみ。

神様のえこひいきが酷い。

「ヤドヴィも遊ぶー！」

遊んでいると思ったのか、ヤドヴィガが後ろから抱きついて来る。

ギュッと一回力を入れたあと、ん？　と言ってエマの体を改めて触る。

「ちょっっヤドヴィ！　くすぐったい！」

「お母しゃま‼　エマちゃんすべすべー！」

「え？　ちょっと触らせて！」

ヤドヴィガとローズが二人がかりでエマを触り倒す。

「ちょっそこは！　ダメだって！」

弱い脇腹を集中攻撃され、くすぐったくて悶える。

キャッキャッとヤドヴィガは遊び感覚だが、ローズの目は真剣だった。

「エマちゃん。なんなのこのすべすべは？　温泉を差し引いてもずっと触っていたいくらいの……なんなのこのすべすべは？」

「ローちゃん！　ちょっと声のボリューム絞ろうか？　っひゃっ‼　ちょっと、そんなトコ……やめっひんっダメだって！」

足の裏まで触られる。

少女に踵チェックは時期尚早ではないか？

どうやら美女センサーを持っているのは港だけではないらしい。

「エマちゃん、このすべすべの秘密教えなさい」

急な命令口調にちょっとだけ焦る。

十一歳女子に本気で美容法を聞いてくるなんて貪欲にも程がありませんか、ローズ様？

押し寄せる圧が圧だけに、真剣に考えて、思い当たることが一つだけ浮かんだ。

「繭から絹糸を取るときに水に浸けるんですけど、パレスでは水は貴重品なのでその時の浸けた水をお風呂に再利用して使っているんです。そのせいではないかと……」

パレスの生活用水は主に地下水で賄われている。

大きな川も池も少ない土地で、水は井戸から汲み上げなければならないため大事に使っている。

エマの小屋で使う水はもともと他領から買った品質の良い水で値段もそこそこする。

もったいないので屋敷で再利用するのだ。

新しく井戸から汲むよりも労力が少なく、使用人にも好評だ。

繭から溶け出したたんぱく質やらなんやらが、美肌に効果的に作用しているのではと、思い至ったは良いが、成分分析なんてこの世界ではできないので確証はない。

「絹ってお肌にいいの？」

美の追求に余念がないローズが食い付く。

さっきからプレッシャーに耐えきれず敬語になってしまう。

「はい。寝るときも絹の寝衣をおすすめします！　今日、一着作って持って来ているのでお気に召すようでしたら何着か王都に届けますよ」

「エマちゃん本当に最高だわ！」

絹は高価な素材で、普通はパーティードレス以外には使われないが、スチュワート家にはエマシルクをはじめ、他にも色々試作した絹が有り余っているので、有効活用できるのはこちらも助かる。

ローズ様の美に対する目は確かなのでモニターとしての役割も十二分にこなしてくれるだろう。

何気にウィンウィンの関係だったりする。

温かいお湯に浸かり、目の前には美しいローズ様。何とも最高な夜であった。


……ちゃん……！　……エマちゃん……！


「エマちゃん！」

ヤドヴィガに呼ばれ、ぽやぽやしていた意識が戻る。

「ごめんヤドヴィ、ちょっと考え事しちゃってた。あー、見つかっちゃったかー」

かくれんぼで隠れたのは良いが爆乳に思いを持って行かれ過ぎていた。

うっかり、ヤドヴィガに見つかってしまった。

「エマちゃんが最後だよ！　ゲオルグしゃまとウィリアムしゃまとお母しゃまはもうお庭にいるよー！　次は？　次は何して遊ぶ？」

朝からずっと遊び通しなのにヤドヴィガに疲れは見えず、楽しそうにはしゃいでいる。

手を繋いで一緒に庭に出ると、午前中は家庭教師が来ていて顔を見ることのなかったエドワード王子がゲオルグ、ウィリアムと談笑している。

いつの間にか仲良くなっていて、兄弟のコミュニケーション力にはいつも感心する。

「お兄しゃま！」

ヤドヴィガがエドワードに駆け寄る。手を繋いだままなのでエマも一緒に足を速める。

王子の正面で一度、臣下の礼をしようと頭を下げる。

「礼はしなくて良い。私も母や妹と同じように接してくれ」

今まで何度か遊びに来ていても、殆んど王子と会うことがなかったので、避けられていたのかと感じていたが、気のせいだったようだ。

みんなのお兄ちゃんゲオルグと気遣いウィリアムが王子を陥落させたのかもしれない。

「はいっ、あの殿下？　体調はいかがですか？」

昨夜、お風呂から出て来た王子は真っ赤に湯立っていた。

思春期はのぼせやすいから気を付けないと、と思っていたら王子の顔がまたぼんっと赤くなった。

「殿下っ！　大丈夫ですか？」

思わず近付いて支えようと手を伸ばす。

「だっ大丈夫だ。そっそれ以上は……さっ触わるな！」

何故か王子は、更に顔を赤くして後退する。

大丈夫なら良いけど、変わった持病でもあるのだろうか。

ゲオルグとウィリアムには心を許したが自分は違うみたいで、ちょっとショック。

確かに大して話もしてないから仕方ない事かもしれないが。

「「…………」」

ゲオルグとウィリアムが気の毒な人を見るような目を王子に向ける。

ローズは甘酸っぱい光景に、にやにやが止まらない。

「次はおままごとしましょう！　お父しゃま役はエドワードお兄しゃまで、お母しゃま役はエマちやんだよー！　新婚さんなのー」

ヤドヴィガは空気の読める五歳児であった。

「なっ‼」

王子の顔が更に赤くなる。人ってこんな赤くなるものだっけ？

「じゃあ！　ゲオルグくんと私がお隣さんの夫婦役ね。ウィリアムくんとヤドヴィガは私たちの子供よ！」

ローズが面白がってヤドヴィガの提案に乗っかる。

「殿下も一緒に遊んでくれるのですか？」

珍しいこともあるなと王子を見れば何やら踞って震えている。

「エマと……しっしんこん⁉　エマが私の嫁に⁉」

何やらぶつぶつ呟いているが、よく聞こえない。

「殿下？　大丈夫ですか？」

「エマちゃん！　おままごとはもう、始まっているんだよ！」

遊びは全力、おままごとには特別厳しいヤドヴィガの注意が飛ぶ。

そうだった、しっかり真面目に、おままごとしなくては。

となると、旦那様は体調が悪いようだからここは嫁として介抱する、が正解だろう。

「旦那様？　少し横になりましょう」

そう言って芝生の敷かれた庭に王子を寝かせる。

不敬罪で捕まらないかドキドキものだ。

おままごとなのにスリル満点。

せめて頭は地面に当たらないように膝枕しよう。

「うおっっっっ！！！！」

頭を膝にのせると王子は奇声を上げた後、固まって動かなくなった。

全くもって、ピクリとも動かなくなった。

「あらあらまぁまぁ」

ローズが面白いものを見るように息子の様子を窺う。

ゲオルグとウィリアムは何やら頭を抱えている。

「エマぁぁ……この無自覚天使が！」

「兄様……あれは悪魔です。意識せずとも、人を天国という名の地獄に落とす悪魔ですよ」

そんな中、不思議そうにヤドヴィガが王子とエマに近付く。

「お隣の旦那さん……死んじゃったの？」


その一言で、平和なおままごとがサスペンスへと変貌する。

「こっこれは‼　アーモンド臭、青酸カリ⁉」

ゲオルグが乗っかってきた。

火サスの音楽が聞こえてきそうだ。

新婚かと思いきや、まさかの未亡人になってしまったエマに、疑いの目が向く。

ここでノリ遅れる訳にはいかない。

「そっそんなっ私が愛する旦那様を殺したというの⁉」

王子が愛する旦那様〜の辺りで一回ピクッと跳ねたが、設定上死んだことになっているので無視をする。

「でも毒を盛れたのはエマちゃんだけよ！　夕飯のおかずに混ぜたんだわ！」

ローズ様も負けじとノってきた。

「エドワードでっ……には多額の保険が掛けられている。守銭奴のみな……じゃなくてエマなら殺りかねない」

ゲオルグの追撃が容赦ない。

あれ？　何か前世で恨みでも買っていただろうか？

「そんなっエマちゃんはエドワードを愛してなかったと？」

段々とローズの芝居にも熱が入ってきた。

王子がまたピクッと跳ねたが、もちろん全員無視をした。

「お待ち下さい！」

「お待ちくだちゃい！」

ウィリアムとヤドヴィガが割って入る。

「この事件、僕たちが解決します！」

「かいけちゅちまちゅ！」

まさかのおままごとに事件が勃発した挙げ句、チビッ子名探偵の登場である。

「なぜなら！　体は少年、頭脳は……」

「「ニート？」」

ゲオルグとエマが決め台詞に割って入る。

「酷い！　せめてフリーターって言って‼」

ウィリアムの勢いが一瞬で萎える。

ヤドヴィガがニートってなにー？　とウィリアムに追い討ちをかける。

「まあまあ、よく分からないけどウィリアムくんとヤドヴィガは犯人が別にいると言いたいのね」

「……はい。犯人は……この中にいます！」

気を取り直してウィリアムがテンプレ台詞をキメ顔で言い放つ。

「ま……まさか！　密室殺人⁉」

ノリだけで更なるテンプレ台詞をゲオルグが重ねる。

密室どころか、ここはお庭なのだが。

もしやこの展開、エンディングに備えて崖とか探した方が良いのかな？

キョロキョロ周りを見回すが、あるわけない。

「ゲオルグしゃ……じゃなくて父しゃま、何故、毒殺だと思ったんでしゅか？」

そういえば、そんな設定だっけ。遊びに厳しいヤドヴィガは設定に対して忠実に質問する。

「エドワードからアーモンド臭がする。劇薬の青酸カリが使われたに違いない！　エマがご飯に混ぜたんだ！」

ゲオルグが断定する。テンプレ展開からは逃れられない。

「ほう……兄さ……父様は少し勘違いをしているようですね」

ウィリアムの目が光る。

「青酸カリのアーモンド臭……よくサスペンスで使われますが、あれ収穫前のアーモンドの臭いですからね。収穫前のアーモンドなんて嗅いだことないでしょう？」

「え？　そうなの？」

「しかも致死量分の青酸カリを食事に混ぜたとしてもあんな刺激的なもの、口が爛れて食べきることは不可能です！」

「いっいやエドワードはエマを愛していた！」

焦るゲオルグの言葉に、王子の体がまたピクっと跳ねたが、もちろん全員無視だ。

「どんなに嫁が飯マズでも、エ、エドワードは、愛の力で食べたんだ！」

ヲイ兄様、ちょっと待て、人を料理ができないみたいな言い方……。

「そうね、そうね、エドワードはエマちゃんが大好きだから、口が爛れても残さず食べちゃうわね！」

「……流石にそんな重すぎる愛は要りません」

ローズ様には申し訳ないが、そんな愛は勘弁願いたい。ご飯は美味しく食べてほしい。

それよりも、王子のピクピクが無視できないレベルで頻繁に起こっている。

「ほらっエマはエドワードを愛してなかった！　殺人の動機がある！」

ゲオルグがあれ？　こいつが、犯人じゃね？　と疑われかねないほど、挙動不審になってきた。

「ゲオルグ父様……そろそろ本当のことを話して下さい。あなたが殺したんでしょう？」

とうとうウィリアムが、解決編に持っていこうと動いた。

「なっなにをっ！　俺には動機がない！」

「そうよ、ただのお隣さんよ」

ローズ様は設定上、旦那であるゲオルグをフォローする。

「父様、エマさんの浮気相手と繋がってますね」

おっとウィリアム爆弾発言。

知らない間に浮気してたの？　私？　そんな、設定ありました？

いやいや、兄様分かりやすいギクッのポーズしないで！

「そうです。あなたの親友のことですよ。エマさんに親友を紹介したのもあなたですね」

「な、なぜそれを！」

誰だよっ親友！

「大金持ちの親友に、言われたんじゃないですか？　エマさんを紹介してくれたら、借金はチャラにしてあげようと……」

「な、なぜそれを！」

「それにあなたは、みな……エマさんが守銭奴だと知っていた。お金持ちの親友とエマさんが上手くいけば、さぞ見返りが期待できると思ったでしょうね」

「ぐぬぬ」

この兄弟は港に何か金絡みで恨みがある……のか？

思い当たる節がなきにしもあらずだが、今ここぞとばかりに晴らそうとしてないか？

「確かにエドワードさんもお金持ちです。多額の保険も掛けられていたことでしょう。しかしながら、父様の親友は超大金持ちですから、保険金なんかよりも浮気相手と一緒になる方がエマさんには旨味が大きい。わざわざ殺すことはないのですよ」

なんだ、この茶番は！　私、最低やん。

それに、さっきから王子のぴくぴくが激しいのだけど、皆そろそろ無視するの限界なんじゃ……。

「いやっ証拠がない！　俺にそんな大金持ちの友達なんて……！」

「いるでしょう？　茶色い髪、そばかす顔の……」

「ヨ、ヨシュアのことかぁぁぁ！」

ゲオルグ兄様、クリ◯ンのことかぁぁぁみたいに叫ばなくても……。

「ちょっと待て！　ヨシュアとは誰だ！」

がばっと死体……じゃなくて王子が起き上がる。

お兄しゃま、死んでないと駄目ですよ、とヤドヴィガが冷静に注意する。

やっぱりヤドヴィガは遊びに厳しい。相手がエドワード王子でも妥協を許さない。

もう一度、エンディングに向けて崖、探してみようかな？

そう思ってエマは、キョロキョロと周囲を見回して、絶対に在ってはならないものを見つけてしまう。

「っっゲオルグ兄様！！！」

「エマちゃんも設定通りに……!!」

緊急事態だと、兄の名を叫ぶ。

設定通りに、と注意するヤドヴィガを守るように自分の後ろへ引っ張る。

ゲオルグの真後ろにぽっかりと、三センチくらいの穴が開いていた。

宙に浮かぶそれは、穴としか言いようがない。

その穴からは、チョロチョロと液体が流れ始めていた。

見たことなんてない……。

けど、これは……多分、局地的結界ハザードだ。

第二十話　局地的結界ハザード。

本当に小さな穴だった。

エマが見つけることができたのは、偶然そこから水が流れ始めたから。

チョロチョロと流れたその水は、地面に染み込むことなく、滴にかかる表面張力の如く、ぷるんと丸みを帯びている。

一見してちょっと美味しそうな、大きなゼリー状の塊ができてゆく。

「あれはなんだ？」

王子が不思議そうに指差し、三兄弟の緊迫した顔を見て驚く。

一瞬で三兄弟だけが臨戦態勢をとっていた。

「あれは……スライムという魔物です」

ウィリアムの声が震えている。

ゲオルグの表情が曇る。

「ま、魔物⁉」

この場において、魔物選定ではウィリアムが一番、知識がある。

信じたくないが、弟がそう言うなら、あれはスライムで間違いないだろう。

ゲオルグがゆっくり動き全員を庇う位置につくと、首に提げている笛を取り出す。

「ローズ様達は逃げて下さい‼　ウィリアムは安全圏まで案内したあと、人払いと、何か使えるもの探してくれ！」

三兄弟の変貌に王子も遅れて気付いた。

「もしや、あれが、あの穴が、局地的結界ハザードなのか？」

タイミング良すぎるだろう……と王子が呟く。

「そうです！　早く逃げて下さい！」

そう言ってゲオルグは思いっきり笛を吹く。

ピィイイイイイイイイ‼

広範囲に響く、この特別な笛の音を、領内に常駐している猟犬が聞き取り、局地的結界ハザードの出現を狩人に知らせてくれる。

ハザードポイントの特定と周辺への避難勧告、他領への応援依頼、合図があれば直ぐに狩人は動ける訓練をしている。

王子が勉強していた甚大な被害からの教訓だった。

「エマちゃんも逃げましょうっ」

ローズ様がエマに向かって手を伸ばす……が、

「いえ、私はここに残ります。兄のサポートをしなくては」

逃げられるものなら逃げたいが、局地的結界ハザードを前にして兄だけを残すことはできない。

無理やりに笑顔を作り、ローズの誘いを断る。

皆で逃げるのよ！　とローズはエマだけでなくゲオルグも連れて行こうとする。

押し問答している時間なんて全くない。

ウィリアムが今にも泣き出しそうなヤドヴィガを抱き上げ、普段の彼からは想像できない、切羽詰まった口調で急かす。

「エマ姉様もゲオルグ兄様も置いて行きます！　早く、早く避難しましょう！　ここは我々に従って下さい！　早く！」

何よりも危険なのは魔物の知識のない者が狩り場にいること。

王族以前に、この場にローズ達がいることが全員の命を脅かすことになる。

「私は大丈夫！　ここは辺境育ちの私達に任せて！　早く！　なるべく遠くに！　早く！」

躊躇するローズと王子を強い言葉で制し、無理やりウィリアムに連れて行かせる。

狩人が来るまでは、局地的結界ハザードから出て来る魔物を把握しなければならない。

高速で長距離移動可能な魔物が出れば被害が拡大する。


声が聞こえなくなるまでローズ達が遠ざかったところでゲオルグに声をかける。

「これ、早くも人生最大のピンチね」

ゲオルグの額に汗が浮かんでいる。

愛用の剣も、狩人の装備も何もない。

たかが、スライム……ではない。

この世界と前の世界で、スライムの認識は全く違う。

この世界のスライムは、倒し方すら確立されていない危険度もレア度もＭＡＸの魔物だった。

「剣で斬れば分裂して増える、火を使えば水蒸気爆発、打撃は効かない上に直接触れれば、強アルカリの体液で爛れてしまう……悪い、エマ、お前を逃がしてやれなくて」

三兄弟の生存優先順位は魔物知識のあるウィリアムが一番上になる。

これは、昔からの辺境伯に生まれた者の掟。

家族であっても、知識が最優先される。

よりによってスライムかよ……緊迫した雰囲気の中、ゲオルグはエマを守るように立ち位置を変え、覚悟を決めて少しずつ自らスライムに近づく。

「兄様、ちゃんと勉強の成果出てますね」

パレスで出現したスライムは、何重にも防護服を着た数人の狩人がガラス製の盾で無理やり結界の外へ押し出すことで対処していたが、ここは結界の端から距離のあるバレリー領、遠すぎる。

スライムも黙って押し出されてくれる訳ではなく毎度大掛かりな狩りとなり、負傷者も犠牲者も少なくない。

スライム用に特別に作られたガラス製の盾すらないこの状況で、身を守ることすら難しい。

「ボク、わるいスライムじゃないよとか言わないかな？」

ゲオルグが冷や汗を袖で拭いながら、精一杯の軽口を叩く。

「流石に無理よね」

エマもふふふっと思わず笑ってしまう。

この最悪の状況、どうしたものか……。

「エマ、あいつ、連れて来てるんだろう？」

「あら、バレてた？　特別に兄様に貸してあげるわね」

そう言ってエマはふんわり膨らんだスカートを捲し上げる。

エマの細い太ももに大きな透き通った紫色の蜘蛛ががっしりとくっついている。

「うわぁ、お前……そんなところに……」

ゲオルグの目がどん引きしている。

「ヴァイオレット、ゲオルグ兄様に力を貸してくれる？」

蜘蛛を取り、目を合わす。本当に綺麗な蜘蛛だ。可愛い。

ヴァイオレットはエマの意図を察するように糸を吐いて、一瞬でゲオルグの頭に着地する。

局地的結界ハザードからスライムが流れ終わると同時に、一番近くにいるゲオルグへ水鉄砲のような攻撃が放たれる。

「おっとっ！」

ヴァイオレットの効果で難なくゲオルグは避けたが、避けた場所はじゅわじゅわと芝生が溶けている。

スライムは頭（頭どこ？）の良い魔物ではない。

対象を定めると捕食するまで別の獲物を攻撃することはない。

とにかくゲオルグが囮になり狩人の到着まで時間を稼ぐ。

ゲオルグを捕食対象と定めたスライムは、水鉄砲や体当たりを高速で繰り出してくるが、ヴァイオレットを頭に乗せたゲオルグは上手く凌いでいる。

その間にエマはじっくりとスライムを観察する。

兄のために魔物かるたを作っている時、気になったことがあった。

エマも兄弟ほど深くはないが、一通りの魔物教育は受けていた。

しかし、改めて見直してみると、全ての魔物に関する情報は蓄積された経験則のみで、何故そうなのか生態への検証がなされていない。

魔物の個々の特性を細かく検証すれば、もっと効率的に狩りができるのではないか。

気になると突き詰めるのがエマである。

これまでの狩人は覚えること、倒すことで手一杯だった。

虫の観察・研究のノウハウを持ったエマが魔物を知ることで別の視点、別の発想が加わる。

ほんの一か月、しかも虫の世話とローズのドレス作りの合間の少しの時間をやりくりして、三兄弟は魔物の研究にも取り組んでいた。

三兄弟だけの遊びの延長で、ウィリアムの考察と説明を聞いたエマが仮説を立て、ゲオルグが狩りの現場でそれを試した。

ある程度の確証が取れてから、父や叔父に結果報告したところ、やる前に一言相談しなさいと怒られはしたものの、皆、協力してくれるようになった。

三兄弟の研究結果はパレスの狩人に拡散され、新たな武器となりつつある。

スライムについても、かるたを作る際、ウィリアムと話していた。

エマが思い付いた対処法はpHを調整してはどうか？　だった。

スライムの体液が強アルカリ性なら酸性のものをスライムに浴びせ、中和してしまえば中身の性質が大きく変わり、スライムとしての形を保てないのでは、と考えた。

これは、仮説を立てただけで実証はできていない。

そうそう頻繁にスライムなんてレア魔物は出現しないのだから、その分情報も少ない。

それでも、ウィリアムがあの時の仮説を覚えていれば、酸性のものを持って帰って来てくれるはず。

局地的結界ハザードは、初動が肝心。

時間が経つほどに穴から新たな魔物が現れる可能性も高くなる。

バレリー領の狩人が来たとしても、ゲオルグがスライムの捕食対象から解放されることはない。

現時点で一度も試したことのない仮説だけに頼るにはリスクが高すぎる。

スライムをじっくり観察する。

何か弱点はないのか。せめて、パレスにいる父や叔父が間に合うだけの時間を稼ぐことはできないものか。

ひたすら兄へ攻撃を繰り返すスライムを観察する。

しかし、非情にも危惧していた事態が起きてしまう。

局地的結界ハザードからチョロチョロと、再び水が流れ始めた。

そして、一匹目よりも早く流れ落ち、ぷるんと丸みを帯び、スライムになる。

二匹目の標的になるのはエマしかいない。

「エマ！！　逃げろ‼」

ゲオルグが二匹目に気づいたが、叫ぶのが遅かった。

そのスライムは一匹目よりも小さい分、動きが速く、水鉄砲がエマに向かって放たれる。

懸命にスライムを観察していたエマの反応が遅れる。

「エマっ！！！」

「！！！！」

ゲオルグがエマを助けに走るが間に合わない。

水鉄砲がエマに届く寸前で、ヴァイオレットの蜘蛛の糸が間に割り込む……が。

「あっ……つっ‼」

糸によって直撃は免れたが、水鉄砲の飛沫がエマの右側半身に降り注ぎ、焼けるような痛みに襲われる。

その場で踞るエマに容赦なくスライムの二発目の水鉄砲が放たれる。

「エマっ‼」

間一髪、ゲオルグがエマを抱えて避け、庭の木陰まで走り、一気にスライムと距離を取る。

エマの怪我を確認するために。

てゆく。

「エマっ大丈夫か？」

エマを見たゲオルグの表情が歪む。

飛沫がかかった部分……顔を含む右側上半身の皮膚が、赤くなり溶けていた。

特に一番多くかかった右腕の一部は侵食が続いているようで、目に見えて傷口がどんどん広がってゆく。

「兄様……ごめっ……ちょっ……と……痛い……かな？……っっ！　っっ！」

喋ろうと口を動かす度に溶けた頬が引きつり痛みが走る。

「くそっ、女の子なのに‼」

少し動くだけで皮膚が破れ、血が流れ出す。右腕の侵食は止まらない。

このままだと骨まで溶けて、右手を失うことになりかねない。

ナイフも何もない、迷っているこの一瞬さえ惜しい。

「悪い、エマ！　痛いけど我慢しろよ！」

一言断ってからゲオルグは、侵食が続く右腕の傷口を思いっきり噛み千切って吐き出した。

「いっっ‼　☆#%〒§&*‡‼‼　いっったっ！」

痛みで暴れようにも、兄の力は強く、押さえつけられていては、エマはただ耐えるしかなかった。

最後に噛み千切った肉を吐き出し、エマの髪を結んでいたリボンで右腕を止血する。

休ませてやりたいが、スライムが迫っていた。

ぐったりしたエマを抱えて、走る。

水鉄砲の少量の飛沫でさえエマの皮膚は溶け、ゲオルグの口の中にまで痛みが走る。

この世界のスライムは本当にヤバい。


限度数があるのか、それ以降はスライムは水鉄砲を撃ってこなくなった。

エマはゲオルグの腕の中、打開策はないか必死で考え続けている。

観察した情報を組み立てようとするが、傷の痛みで上手く集中できない。
①スライムは水鉄砲を撃つ度に少しずつ小さくなっているように見える。
②一匹目のスライムは十数発、二匹目は二発撃った後は撃つ素振りがない。
個体の大きさで、水鉄砲を撃てる数が異なっているのは、スライム内の体液量の差なのだろうか。

「ゲオルグ兄様‼」

息を切らせてウィリアムが、帰って来た。

手にはビネガーの瓶数本とレモンを抱えている。

ゲオルグに抱えられてぐったりしているエマに気付き、駆け寄る。

「姉様、顔が！」

右の頬がぐずぐずと溶けて、出血は止まらず右半身は真っ赤に染まっていた。

ウィリアムを安心させようとエマは口の端を無理やり上げるも、頬に引きつるような痛みが走る。

「ウィリアム、スライムは二匹いる。小さい方がエマを狙っているから、そっちから試してくれ」

努めて冷静を装っているゲオルグだが、エマの状態は深刻だった。

すぐにでも治療したいのに、二匹目のスライムを倒さない限りはエマを逃がすことはできない。

一度捕食対象とされた者は捕食されるまで狙われ続けるのだ。

二匹目のスライムはゲオルグが噛み千切ったエマの右腕の肉から幾らか滴り落ちたエマの血液を捕食し、その分少しだけ大きくなった。

「姉様に何て事するんだよ！」

ウィリアムが絶妙なコントロールで持ってきたレモンをスライムに投げる。

見事命中したが、ぽいんっと間抜けな音で撥ね返されただけだった。

「あっ、打撃効かないんだった……」

残念ながらウィリアムは戦闘に関してはポンコツだった。

気を取り直して、ビネガーの瓶をスライム近くの木を目掛けて投げると、木に当たって瓶が割れ、中のビネガーがスライムにかかる。

「これでどうだ⁉」

スライムはビネガーの水分を吸収し、また少し大きくなった。

「駄目か！」

ウィリアムが悔しそうに叫ぶ。

「まだ……よ！　中和させるな……らまだまだ量がいる……液体が吸収されて……るなら望みはあるかもしれない」

エマがゲオルグの腕の中で痛みを堪えてウィリアムに伝える。

一匹目のスライムは再び水鉄砲を撃ち始め、ゲオルグはエマを抱えたまま器用に避けている。

なるべく衝撃を与えないように動いてはいるが、着地の度にエマが小さく呻く。

次々とウィリアムが二匹目のスライムにビネガーを浴びせるが、ダメージを与えているようには見えない。

「っ駄目だ！　全部使いきったけど、スライムが大きくなるだけだ！」

持ってきたビネガーを使いきり、途方に暮れる。

「でも……確実に動き……は鈍って……る」

多分、スライムを中和するにはビネガーでは酸が低いのだ。

でも、効いていない訳ではないと、エマは気付く。

僅かだが、二匹目のスライムの中が濁っている。あれから水鉄砲も撃ってきていない。

一方、一匹目のスライムはいつの間にか大きさを取り戻し、また十数発ほど撃ったあと、水鉄砲が止まる。何かある筈なのだ。

よく見るんだ、動きに法則性はないか？　どんなことでも良い。

何か、何かもう少しで掴めそうなのに……半身が熱い。体に、力が……入らない。


「………ウィリアム、お前は一旦逃げろ」

三兄弟の生存優先順位はウィリアムが一番である。

ビネガーが決定打にならない以上、弟を生かさなければならない。

幸いなことに局地的結界ハザードの穴の大きさは見つけた時のままで、広がる様子はない。

あの大きさなら他の魔物は通ることはできないだろう。

三匹目のスライムが出る前に、この場からウィリアムを離さなければ。

「そんな！　兄様っ」

兄の有無を言わせぬ顔を見て黙る。

腕の中の姉は意識がないのか、体がだらんと弛緩してぴくりとも動かない。

「っと！」

一匹目のスライムがゲオルグに体当たりする。避けた衝撃でまたエマの体に痛みが走る。

お陰でふっと意識が戻った視線の先にスライムがいた。

不思議と、スライムが通った芝生は青々と元のままで溶けている様子がない。

スライムの本体は、少なくとも外側は液体ではない。

そうでないと、あそこまで丸く形作ることなどできない。

では今、何故不思議と思った？　何に引っかかった……？

「こっちだ！！！　早くしろ！！！」

ガヤガヤと人の気配が近づいてくる。バレリー領の狩人が集まって来たようだ。

ゲオルグとウィリアムが同時に視線を向ければ、狩人の集団を引き連れて先導していたのは、この国の第二王子だった。

「でっ殿下！！！　何故⁉」

十数人の狩人を引き連れ、エドワード王子が走ってくる。

ゲオルグがスライムの体当たりを避けてから舌打ちする。

「ウィリアム！　殿下を連れて逃げろ！」

「はっはい、何で殿下が‼」

しかし、エドワード王子はウィリアムの制止を振(ふ)り切り、真(ま)っ直(す)ぐエマを抱えたゲオルグに向かってゆく。

「なっっっっ‼　あれは！　スライムか！」

「二匹も！！？」

「たった三人で二匹のスライムを相手にしていたのか⁉」

バレリー領の狩人達が驚きの声を上げている。

三兄弟の周りの芝生は殆(ほと)んど溶けていて、スライムの攻撃を何度もかわしていることを物語っていた。有り得ない……全員が息(いき)を呑(の)む。

「エマ⁉　何があった？　エマ！　エマ⁉」

王子が血塗(ちまみ)れのエマを見て夢中で呼びかける。

その声でふと、エマの意識が浮上(ふじょう)する。

何で……ここに殿下が？　素人(しろうと)が狩り場にいては……。

「殿下！　スライムが来ます！　避けて！」

ゲオルグは王子が攻撃に巻き込まれないように離れる。

スライムは捕食対象のゲオルグへ向かって体当たりを仕掛ける。

目の前を横切るスライムを、王子は持っていた剣で反射的に……真っ二つに、斬った。

「なんてことを‼」

ゲオルグが叫ぶ。

最悪でも、自分とエマが死ぬだけで被害が収まるように動いていたのに、舌打ちして王子を自分の後ろに隠す。

一匹目のスライムは王子に斬られたところで分裂、新たに三匹目のスライムが誕生した。

三匹目の捕食対象は、そのままスライムを剣で斬った王子になる。

バレリー領の狩人から悲鳴が上がる。

「なっ！　斬っても死なないだと？」

王子が驚きの声を上げるが、王子以外は全員知っている。

狩り場に素人がいることほど危険なことはない。

捕食対象にされた王子は、この場から逃げられなくなってしまった。

「見ただろう。何故、殿下を連れてきた？」

青い顔をした狩人達をゲオルグが睨む。

若い狩人がゲオルグに反論しようと前へ出るが、年嵩の狩人に止められる。

「俺は、二匹で手一杯だ！　殿下は死ぬ気であんたらが何とかしろ！」

エマを抱えているゲオルグは二匹から攻撃を受けている。

二匹目のスライムの動きが鈍いのとヴァイオレットのお陰で何とか凌いできたが、王子まで手が回らないのは明らかだった。

一番年嵩の狩人が一言ゲオルグに謝り、王子の剣をもぎ取る。

スライムに対する時は剣を持ってはならない。

どんなに細かく斬ったとしても分裂して増える。

スライムが増えるごとに捕食対象が増え、命の危険に晒される人間が増えるのだ。

これ以上増えては、全滅しかねない。


パレスの猟犬なら離れていてもあの笛の音を聞き分けているはず。

あと二時間、攻撃を避け続ければパレスの父と叔父、狩人が来てくれる。

パレスにはエマが作った塩酸がある。

あれなら、もしかしたらスライムを倒せるかもしれないのだ。


………でも。

エマはもたない。

ゲオルグの服はエマの血でぐっしょりと濡れていた。

この世界に輸血の概念はない。

血が流れすぎている。
このままでは、エマはもたない。
それでも、ゲオルグはエマを抱きかかえる。
もたないエマは捨て置いて、王子を守るのが正解なのかもしれない。
…………でも、できないのだ。
ゲオルグは、航は、
エマの、港の、
お兄ちゃんだから。

妹を守るのがお兄ちゃんだから。

第二十一話　絶体絶命。

「ヤドヴィも遊ぶー！」

隣の女湯からヤドヴィガのはしゃいだ声が聞こえてくる。

「隣は楽しそうですね」

ウィリアムが頭に付いた泡を流しながら王子に話しかける。

「そうだな」

恋が芽生えて数時間後、一枚壁を隔てての入浴となったが相手はまだ十一歳の女の子。

ヤドヴィガと温泉で遊んでいる光景が目に浮かび微笑ましく、エドワードも柔らかい表情で湯に浸かる。

「ちょっっヤドヴィ！　くすぐったい！」

エマの声が聞こえるだけで心臓がトクンと大きく跳ねる。

こんなこと今まで一度も経験したことがない。

お茶会も社交界も幾度となく出席したし、王子自身も綺麗だと思える女の子と体を密着し、ダンスしたことだって何度もある。

なのに、この心臓は今日初めて動き出したかのように、ぎこちなく跳ねる。

「お母しゃま‼　エマちゃんすべすべー！」

決して聞き耳を立てている訳でもないが、テンションの上がったヤドヴィガの声はよく通る。

しかも、話題がエマとなると自然と意識が向いてしまう。

エマ……すべすべ？

「え？　ちょっと触らせて！」

少し興奮気味の母の声も聞こえてきた。

「ちょっそこは！　ダメだって！」

一際大きく、余裕をなくし、切羽詰まったエマの声が聞こえた。

……そこって……どこだ？

これだけの事で心臓が暴走し始める。

長い距離を思いっきり全速力で走った直後かと思う程に、鼓動が速くなり、体の中からドクンドクン音が響いてうるさい。エマ……そこってどこなんだ⁉

「エマちゃん。なんなのこのすべすべは？　温泉を差し引いてもずっと触っていたいくらいの……なんなのこのすべすべは？」

エマ……すべすべ。ずっと触っていたい。エマ……すべすべ。

母からの情報が頭の中をぐるぐる回る。

ゲオルグとウィリアムは聞こえていないのか、何やら今日の夕食について楽しそうに話している。

「ローちゃん！　ちょっと声のボリューム絞ろうか？　っひゃっ‼　ちょっと、そんなトコ……やめっひんっダメだって！」

たかだか十一歳の少女とは思えない……なんと言うか凄く……凄く色っぽい声がたった一枚の、壁の向こうから聞こえてくる。

だから、そんなトコってどこだ⁉

母は一体どこを触っているんだ⁉

頭の中が、邪な想像で支配されそうになる。

そもそも、「ひゃっ」とか「ひんっ」とか、もう可愛すぎるだろう？

どこを触ったらそんな声出るんだ⁉

どこを……なんて自分は何を考えてっ…………いや忘れろ！　忘れるんだ！

今の会話すべて、忘れるんだっ、すべっすべ…………？

……エマはすべすべで、ずっと触っていたくて、「ひゃっ」で「ひんっ」でダメ……。

数時間前の笑顔まで思い出し、更に更に動悸が激しく顔に血が上っていく。

ついには、ブクブクとそのまま湯の中に潜り（沈み？）、数十秒後にゲオルグとウィリアムに慌てて救出される事態となった。

何とか、女性陣が風呂から上がるまでには火照った顔も冷め、動悸も随分マシになったことに安堵する。しっかりゲオルグとウィリアムにもさっきの醜態の口止めもした。

二人の生ぬるい視線は痛かった。

しかし、風呂上がりのほかほかのつるんとしたエマの頬っぺたを見た瞬間、抑えた筈の邪な想像が、ぶわぁっと甦る。

「殿下？　顔が赤いですよ。大丈夫ですか？　のぼせちゃいました？」

エマが心配そうに王子の顔を覗き込むが、王子の方が幾らか背が高いので絶妙な角度の上目遣いになっている。

濡れた髪を耳にかけながら、心配そうに少し潤んだ緑色の瞳が真っ直ぐ自分を見つめる。

ギュンと心臓が収縮した。

「だっ大丈夫だ。問題ない」

たった二言しか発することができず、そのまま勢いよく目を逸らす。

他国の要人にだって緊張する事なく対応できる筈の自分がエマに対してだけ、しどろもどろにしか話せない。

もどかしい。恥ずかしい。情けない。

「大丈夫なら、よかったです」

そう言ってふわっと笑うエマを見て、もどかしくても、恥ずかしくても、情けなくても、やっぱりどうしようもなく好きだと実感する。

こんな短時間で自分の心はエマを中心に浮上したり下降したりを繰り返す。

この笑顔のためなら何でもしてあげたくなってしまう。

それなのに……。

◆　◆　◆

「殿下！　スライムが来ます！　避けて！」

ゲオルグが叫ぶのと同時に水溜まりの魔物が信じられないスピードで、目の前を横切る。

思わず手が出てしまった。

剣を毎日稽古していた時の反復練習の賜物で、反射的にゲオルグに向かう水溜まりを斬る。

魔物は大した手応えもなく、真っ二つに分かれる。

「なんてことを‼」

ゲオルグの叫び声と舌打ちが聞こえた。

真っ二つにした水溜まりはダメージを全く受けず二つに分裂し、個々に動き始めた。

「なっ！　斬っても死なないだと？」

やっと自分が失敗したことに気付く。

水溜まりを斬った剣は刃先を中心に溶けていた。

それからは真っ二つに斬った水溜まりの片方が、執拗に自分を狙い、攻撃してくるようになった。

狩人達が懸命に守ってくれるが、初めに見たときは多すぎると思っていた装備の盾も攻撃を受ける度に溶け、残り少なくなっている。

確実に、自分が水溜まりを切ったことで状況が悪化していた。

ウィリアムの制止も狩人達の声も聞こえていたのにどうしてあの時、従えなかった？

あの時、すぐに引き返してさえいれば。

後悔が押し寄せる。水溜まりの攻撃は速く、重装備と感じた狩人達の鎧など簡単に溶けてゆく。反省や、謝罪の言葉すら伝える間もなく、たった一匹の水溜まりから必死で逃げる。

この水溜まりをゲオルグはエマを抱え、二匹相手に攻撃をかわし続けていた。

そのスピードを目で追うことすら難しく、狩人達からも驚きの声が聞こえてくる。

ただ、ゲオルグが動く度にエマの血が舞う。

エマを助けたいのに何もできない。

二匹相手のゲオルグよりも、こちらの方が劣勢なのだ。

盾を使いきれば、狩人も自分も攻撃を防ぐ術がない。

八方塞がりだ…………。

二匹の水溜まりが同時にゲオルグに向かい、水鉄砲を撃つのが視界の端に見えた。

小さい方は撃てないと思っていたが違ったらしい。

こちらの方はやっと水鉄砲が収まり、体当たりに切り替わる。

水鉄砲は法則性があり、五発撃ったら暫く撃てなくなるようだった。

ゲオルグは二匹が放つ水鉄砲を上手くかわすが、バランスを崩したのかスライムを前にして膝をついていた。

早く体勢を立て直さないと危険なのに、直ぐに動けず反応が遅れている。

あれでは、水鉄砲の的になってしまう。

「ゲオルグ‼　っうわっ‼」

咄嗟にゲオルグを呼ぶと同時に急な突風が吹き、顔を庇う。

突風は、直ぐにピタリと止んだ。

一体何だったんだ……と一帯を見回し、自分の目を疑う。

その突風は新たな魔物の出現であった。

水溜まりとは違う人よりも大きな、実体のある獣の魔物。

バランスを崩して動けないでいるゲオルグの真後ろまで一瞬で移動し、荒い息遣いで今にも襲いかからんと前脚を上げている。

ゲオルグの意識は前方の二匹の水溜まりに向いていて後ろの魔物に気付いていない。

王子と狩人達に絶望を与えるには、十分な光景であった。

八方塞がりと言うより絶体絶命である。

「ゲオルグ！　後ろだ！　頼むっ逃げてくれ‼」

王子の悲痛な叫びは多分、間に合わない。

第二十二話　白い袋。

打開策のないまま、二匹のスライムがゲオルグとエマを狙って水鉄砲を同時に撃ち始める。

どうやらウィリアムの投げたビネガーの効果も無効になったようだ。

王子の方もどんどん盾が駄目になっている。

もともと最悪でも、エマとゲオルグがスライムを引き付ける餌になり、二人が捕食されている間に周辺を壁で覆い、スライムとエマとゲオルグごと局地的結界ハザードを塞いで被害を押さえることができる筈だった。

スライムは捕食対象を捕まえたら、じっくり十時間以上かけて捕食する。

しかし、王子が捕食対象になっている今、王子まで餌にする訳にもいかない。

王子を守るために狩人も壁を作ることができない。

言い換えれば王子がいるからこそ、エマも自分も今、生きていられる。

局地的結界ハザードでスライムが出た場合のマニュアルに従うならば、狩人が来た時点で二人は餌になる運命だった。

逃げ続けることしかできないが、まだ生きていられるのは王子のお陰なのだ。

ぬるっ
二つの水鉄砲を避けたところで、エマを抱いていた手が血で滑り、バランスを崩す。

エマを落とさずにギリギリで抱き直すが着地は乱れ、地面に膝をついてしまった。

予測できない衝撃に頭の上の蜘蛛が振り落とされ、そのまま見失う。

まだまだ水鉄砲を撃てるスライムを警戒し急いで体勢を整えようとするも、蜘蛛が落ちたせいでゲオルグの反応が遅れる。

王子が叫ぶ。

「ゲオルグ！　後ろだ！　頼むっ逃げてくれ‼」

ハザードもスライムも前方向だったため、背後の警戒なんて全くしていなかった。

王子の声で後ろを振り向くのと、背中に前脚が当たるのが同時だった。

「にゃーん！」

………………っこっ！

「コーメイさん⁉」

そこには、パレスの自宅でお留守番している筈の猫の姿があった。

エマの大好きな、エマが大好きな、スチュワート家の飼い猫のコーメイさんがハッハッと荒い息遣いでゲオルグの背中にポンと前脚を置いている。

労うような優しい動きで置かれた肉球から、じわりと服の上からも分かるほど汗が染み出ていた。

「っつ‼　ゲオルグ‼　何をぼーっとしているんだ⁉　早く逃げろ！」

遠くでまた王子が叫ぶが、それどころではない。

猫の荒い息遣いと汗を見て、ゲオルグはまさか、と驚く。

「パッパレスから走って来たの？？？？」

「にゃ！」

息を整えながら、猫が答える。

心配そうにゲオルグの腕の中のエマをスンスンと嗅ぐ。

ピタッ……と、猫の荒い息が止まる。

ゲオルグ越しにスライムを認め、ぶわぁっと、猫の毛が逆立ち、ぎらっと、猫の瞳が細くなる。

水鉄砲を発射しようとする二匹のスライムに向かい、シャーッ‼ と威嚇する。

エマをこんなにしたの、お前か？ そんな声が聞こえて来そうな、ありったけの怒りをスライムに向ける。

そして、目にも留まらぬ速さでスライムとゲオルグの間に移動し、ねこパンチを繰り出す。


ブゥン！！！


二匹のスライムの水鉄砲が違う方向から放たれ、猫ごとゲオルグとエマを襲うが、ねこパンチの風圧だけで水鉄砲が、かき消された。

「！！！！」

王子も狩人もゲオルグも、みんな一斉に各々の目を疑い、パシパシ瞬きを繰り返す。

一緒に狩りをしたゲオルグは、この猫が強いことを知っていたが、狩りで活躍するのはいつも武闘派のかんちゃんだった。

コーメイさんは必要最小限の動きでのらりくらりと魔物を倒しているのは見たことあったが……。

怒ったコーメイさん……鬼強い。

その後も次々と繰り出される二匹のスライムの体当たりも、水鉄砲もねこパンチの風圧だけで悠々と防いでいた。

うちの猫……激烈鬼強い……。

ゲオルグは、そっとエマを地面に下ろす。

コーメイが攻撃を防いでくれるなら、エマの応急処置ができる。

止血さえ上手くできれば、エマは……助かるかもしれない。

「ゲオルグ！！　そのデカい魔物は味方なのか？」

王子の言う魔物とは何か考え、コーメイの事を言っているのだと察する。

ゲオルグが猫の背を撫でながら答える。

「殿下、ご心配なく。この子はうちの猫ですよ。エマのお気に入りのコーメイさんです」

いや、猫ってそんなに大きかったっけ？

王子と狩人全員の頭に全く同じツッコミが過る。

しかも、王子に向けられる攻撃すら一歩も動かず、防いでくれている。

いや、猫ってそんなに強かったっけ？

王子と狩人全員に再び全く同じツッコミが過る。

あれだけ苦戦していた三匹のスライムからの攻撃を、ねこパンチの風圧だけで処理している。

攻撃の心配がなくなり、王子と狩人達はゲオルグの方へ行こうとしたが、コーメイがシャーッと威嚇する。

「ひっヒィイ！」

先頭にいた狩人が腰を抜かす。

ゲオルグ達から距離をとっていたウィリアムがコーメイさんの出現で戻ってきて、腰を抜かした狩人に手を貸し謝る。

「すいません。エマ姉様に危害を加えるのではと警戒したようです」

今は家族以外、近づくのは難しいかもしれない。

ウィリアムは狩人から救急キットを借り、エマに治療をと持ってくる。

「ウィリアム‼　離れてろって言ったのに！」

ゲオルグが注意するが、コーメイさんが来た以上は安全な筈だ。

エマ姉様の応急処置をなるべく早くしなくては……このままだとエマ姉様は、本当に死んでしまうかもしれないのだ。

「コーメイさんが守ってくれます！　それより姉様を助けなくては！」

さっきまでエマと共に死ぬ覚悟ができていた筈のゲオルグも揺れる。

しかし、万が一にも三兄弟が全滅するのは避けなければならない。

悩むゲオルグを囲むように、再び突風が吹いた。

突風に瞬きした間に、三匹の猫達がコーメイに遅れて到着した。

コーメイより更にぜーぜーと荒い息をして。

「かんちゃん！　リューちゃん！　チョーちゃん！」

「「「にゃーんっ」」」

大きな四匹の猫に四方を囲まれ、ぐるっと見回してからゲオルグはウィリアムを見る。

「エマの応急処置をしよう！」


応急処置をすると言っても、できることは限られている。

「出血をなんとかしないと！」

ゲオルグが救急キットの中のガーゼに手を伸ばすが、ウィリアムに止められる。

「いえ、まずは流さないと。普通の化学熱傷ならこんなに出血することはないのですが……まずは水で血とスライムの体液を流して傷口を確認しましょう」

ウィリアムは狩人達が装備として持っていた水筒もかき集めていた。

水分補給と傷口洗浄を兼ねている装備品の水筒の中には、一度煮沸した水が入っている。

エマの頬に水を流すと、ズルッと溶けた外側の皮膚が剥がれていく。

「にゃー……」

スライムを他の猫達に任せ、コーメイさんがエマの傷のない左側に寄り添う。

エマの右側は真っ赤に染まり、触ると熱いくらいに熱をもっている反面、左側は血を失ったことにより、蒼白でひんやりしている。

コーメイさんはエマの左側を温めようと傷口に当たらないぎりぎりでくっついている。

「にゃー……」

猫の心配そうな鳴き声がエマを呼ぶ。

ゲオルグとウィリアムは、エマの傷に水を丁寧に流し続ける。

狩人達は足りなくなる前に、と王子を守る人員の半分が水を取りに行ってくれた。

猫達はスライムが攻撃する度に風圧で蹴散らしてゆく。

エマの肌は、水が当たるだけでズルズルと剥がれ、皮膚の奥は真っ赤に腫れて、放射状に深い深い傷が刻まれている。

スライムの体液が直接当たった箇所なのかもしれない。

放射状の線をつなぐように少し細い傷も無数にあり、ゲオルグがスライムの攻撃を避けるために動いたことで傷が広がったのだろう。

この深い傷が血管を傷付けているのか、水で流しても血が滲み出てくる。

更に頬だけでなく体の方も水を流しながら、ボロボロになったエマの服を、ピンセットを使い丁寧に取っていく。

ゲオルグが噛み千切った腕の傷も一度、リボンを解き、流す。

「兄様っ！」

ピンセットを持っていたウィリアムがゲオルグに傷口を見せる。

脇腹からお腹にかけての深い傷は広範囲で、出血も酷い。

こんな傷を負っている妹を抱いて、動き回ることしかできなかった。

ゲオルグの顔が険しくなる。更に水を流しても深い傷からは止めどなく血が流れる。

圧迫止血しようにも周りの肌もグズグズで、布を当てるのすら躊躇われる。

救急キットには軟膏や消毒液もあるが、水だけで剥がれ崩れていくエマの肌に使うのは果たして正しいのか。

スライムの体液を受けた時の治療法は確立されていない。

出現頻度の少なさに加え、攻撃を受ければほぼ命はない上に、死体もスライムに捕食されてしまう。

火傷や化学熱傷を参考に水で熱を持った肌を冷やし、同時にスライムの体液を洗い流してはみたが、肌の状態を見る限り、この後の治療は傷口に塩を塗る行為に思えてならない。

「どうしよう……」

ウィリアムが迷う。肌の状態が思ったより酷かった。

止血のために布を当てたとしても、布を交換する度に肌が破れるだろう。

でも、止血をしないと命が危ない。輸血も移植もできる世界ではないのだから。

どろどろに溶けた肌は、戻ってこない。細菌感染も怖い。

エマの意識はなく、先程からずっとピクリとも動かない。

傷のない左側の首に手を当て、微かにある脈と呼吸だけがエマの生存を示していた。

止血を躊躇うウィリアムの手の上に、不意にヴァイオレットが上って来た。

「わっ！　ヴァイオレットなんで、急に⁉」

片手では支えきれず、両手で蜘蛛を持つ。

エマの応急処置中に邪魔をするなんて。

……もしかしたら、伝えたいことでもあるのだろうか。

ウィリアムはヴァイオレットの八つの瞳をじっと見つめるが、分からない。

エマ姉様なら、ヴァイオレットの意図を汲むことができたのだろうか。

そんな事を考えていた矢先、ヴァイオレットがエマの傷口に向けて紫に輝く糸を吐く。

「ちょっ‼　なんて事を‼」

ゲオルグが急いで糸を傷口から取ろうと手を伸ばすが、コーメイさんに止められる。

「にゃー！」

「ちょっ！　あっ！　うわっ」

あれよあれよと言う間に、紫に輝く糸はエマの傷口を全部覆い隠してしまった。

コーメイに止められては、物理的に逆らうことは不可能。

でも、コーメイならエマに害のあることは許さないだろう。

ヴァイオレットは満足した様子でウィリアムの手から下りてエマに寄り添う。

「蜘蛛の糸で……止血？？」

今まで聞いたこともないが、あれだけ流れていた血はピタリと止まっている。

紫の蜘蛛の糸で覆った後は、血が流れることはなかった。

ヴァイオレットがふんわりと上から優しく吐いた糸は、不思議とエマの傷口にフィットして、圧迫しなくても止血の役割を果たしている。原理とか理屈とか、全く分からないが。

そっとエマを覆う蜘蛛の糸を触るとひんやりと冷たい。

以前、エマがヴァイオレットはＴＰＯを弁え、その時々で相応しい糸を使い分けていると熱弁していた。話半分に聞いていたが、確かに賞金稼ぎの男達を拘束していた糸と、エマの傷口を覆っている糸は別物だった。

「ヴァイオレットとコーメイさんを信じよう」

ゲオルグが一枚上着を脱ぎ、エマにかける。もう、ここでできることはない。

「兄様の腕も流しましょう」

上着を脱いだゲオルグの血に染まった両手を見て、ウィリアムが水をかける。

エマの血はスライムの体液と混ざり、ゲオルグの手も傷つけていた。

ずっと緊張していたので気が付かなかったが、地味に痛い。

一つ気付けば、口の中も痛くなってきて慌てて口もすすぐ。

コーメイさんがシャーーッ！　と威嚇するのが聞こえて、振り向くと王子が近くまで来ていた。

コーメイさんに多少ビクついてはいたが、先程の狩人みたいに尻餅をつくことはなく、一歩だけ下がりゲオルグとウィリアムを見ている。

「何故、エマを避難させない？　応急処置は終わったのだろう？」

こんな地面でなくベッドに、応急処置だけでなく医師の治療を。

王子が言いたいことは分かる。しかし、

「エマ姉様は未だにスライムの捕食対象です。ここから離す事はできません」

ウィリアムが、逃がせるものならとっくにやっているのだ、と答える。

「スライムは猫……？がいるから大丈夫ではないのか？」

そもそも、避難させられるものなら、逃げきれるのならば苦労していない。

できるなら先ず、狩人達が率先して王子を逃がしている。

「捕食対象が一定の距離以上離れた場合、スライムは捕食対象を広域で探せるように分裂するか、見つけられないなら自爆します」

王子の表情が歪む。

ただの水溜まりと侮った魔物は、倒せない、逃げられない、増殖する。

エマは応急処置だけで済む怪我ではない。

未だに八方塞がりなのだ。

自分はなんて無知なんだ。知識がないとは、こんなにも恐ろしい事なのか。

好きな女の子一人、何もしてあげられない。

それに奇跡的に助かったとしても、もう、エマの顔は、体は……。

悔し涙が一筋頬に道を作る。

絞り出すように低く唸る。

「それでもエマを助けたい……」

ヴァイオレットがゲオルグの両手にも蜘蛛の糸を吐く。

炎症を起こした両手にひんやりとした感触が心地好い。

この中でエマを助けたくない者なんていない。

でも、辺境生まれの兄弟は知っているのだ。

「分裂すると言っても二つや三つでも十や二十でもないんです」

スライムが捕食対象を見失うと起こる分裂は、最後には億を超えると言われている。

個体は分裂、成長を繰り返し、どれかが捕食対象を見つけるまで、増殖をやめない。

スライム三匹ですら大変なのに、億まで増えられた挙げ句に自爆なんてされれば、国が滅ぶ。

遠い昔から伝えられてきた知識は、どこかで実際にあった悲劇。

遠い昔にどこかで滅びた国の人々が伝えた悲劇。

猫達もスライムの攻撃を防ぐことはできるが、倒すことはできない。

物理的な攻撃でスライムは倒せない。

唯一の希望は、パレスにあるエマの塩酸だが、何本ものビネガーを吸収したスライムも、今は動きを取り戻している。

エマの肌の惨状を見る限り、中和するにも相当な量が必要になりそうだった。

スライムは三匹に増えている。エマが作った塩酸は足りるのか？　そもそも効くのか？

王子は知らないのだ。

スライムを倒すことでしか、エマだけでなく、ゲオルグも王子も生きる道はないことを。

スライムは倒せない。攻撃を防いでいる今の状態ですら奇跡なのだ。

コーメイがエマの左側の頬を優しく舐めると、ピクっとエマの体が小さく痙攣した。

「……うっ……おかあ……さ……ん」

意識が戻ったのか、母親を呼んでいる。メルサではなく、頼子を。

「姉様‼」

しっかりして下さい、とウィリアムが必死に声をかける。

姉を覗き込むと、緑色の瞳が必死で何かを伝えようとしている。

ゲオルグもウィリアムもエマの言葉に注意深く耳を傾ける。

「お……か……あさ……ん。………め……っつ……っくじ」

唇を動かす度に、痛そうに顔をしかめ、それでもまた口を開く。

エマの伝えたいことを聞き逃さないように一生懸命、兄弟は小さな声を拾う。

「……った……しん……と……あ……つっ」

「すら……む……しっ……おっ」

小さな、小さな声。途切れ途切れで、かすれている。

「し……っおっ……」

エマは、左手で弱々しくウィリアムの手を握り、何度も何度も伝えようと唇を動かす。

「エマ……分からない、何を？　何が、言いたい⁉」

ゲオルグがエマの頭を撫でながら必死で聞き取ろうとするが、声は小さく途切れ、分からない。

口を開ける度に辛(つら)そうなのに、痛そうなのに、それでも伝えようとするエマの頭を撫でることしかできない。

ウィリアムはぶつぶつとエマの言葉を反芻(はんすう)している。

おかあさん
めつくじ
たしんとあつ
すらむ
しお
……しお⁉

「え⁉　ちょっ‼　姉様⁉　まさか？　え！！？　こんな？」

ウィリアムがエマを見ると、エマもウィリアムを見て頷(うなず)く。

「………す……いむ……たおっ……しっお！」

エマの言葉を聞いて、屋敷(やしき)へ向かってウィリアムが走り出す。

「狩人の皆(みな)さん‼　手伝って下さい‼　スライム、倒せるかもしれません！」

◆　◆　◆

ウィリアムは迷うことなく屋敷の厨房へ。

朦朧とする中で、母を呼んでいたのかと思っていた姉の目は、しっかりと自分を見ていた。

魔物の戦闘訓練を受けていない姉が、ゲオルグと共に残ったのは、この一か月で再確認させられた才能のせいだ。

観察力と発想力。この姉の力に賭けたのだ。

どんなに勉強をしても、どんなに体を鍛えても、どんなに経験を積んでも、魔物はずっと脅威でしかなかった。

スライムのような魔物が出現する度に、尊い犠牲が出た。

姉の異様な虫好きから鍛えられた観察力と、常識がないが故の発想力は、魔物かるた作製にあたって色々な案を打ち出していた。

兄が面白がってその案の一つ一つを狩り場で試したら、七割くらいの案が何らかの成果を見せた。

かるたを作り始めてたった半月で、それは魔物の攻略本と化した。

だから、姉が言うのならきっと倒せるのだ。

おかあさん（頼子）

めつくじ（ナメクジ）
たしんとあつ（浸透圧）
すらむ（スライム）
しお（塩）

頼子はナメクジを見ると必ず塩をかけていた。
エマはナメクジのようにスライムを塩で倒せると言いたかったのだ。
……たっ……多分。
正直、あれだけ窮地に陥り苦しめられたスライムが、まさか塩で倒せるとは思えない。
打撃も効かない、剣で斬れば分裂して増え、火を使えば爆発する。
この世界のスライムは無敵だ。
一匹を結界の外へ押し出すのに最低でも一人、捕食対象として犠牲が出る。
それが、たかが塩で倒せるなんてことが有り得るのか？
まだ、塩酸の方が納得できる。でも、姉が、エマが言うなら従う。
結局、ウィリアムは姉には逆らえないのだ。

厨房の扉を開ける。
かくれんぼの範囲は屋敷内。ヤドヴィガが遊びに厳しいお陰で、この屋敷の中は把握している。

そのまま迷わず、半地下になっている奥の貯蔵庫の階段を下りる。

「えっと……何を？　探せばいいのかな？」

厨房に入った時点で狩人達が不安そうな顔になっている。

「塩です！　塩を探して下さい！」

「しっしお？」

「あの……しょっぱい塩？」

更に不安そうな顔になる。

ウィリアム自身も不安だったが、悟られないようにはっきり頷いて、捜索を始める。

直ぐに見つかると思ったのに、貯蔵庫は広くて物が溢れていた。

流石、侯爵家の貯蔵庫。棚に並んでいる乾物やら油やら茶葉やらを順々に見ていく。

「この辺じゃないかな？」

一人の狩人がウィリアムを呼ぶ。

色取りどりの紙袋がずらーっと並んでいる。

…………何故、品名が表記してない⁉

王国では、白が塩の袋、青が砂糖……というように袋の色で中身が決められている。

庶民の識字率があまり高くないために分かりやすくしてあるのだが、逆に分かりにくいというまさかの事態。

残念なことに、ウィリアムも狩人達も台所に立った事がない。

「……取り敢(あ)えず開けてみましょう！」

ウィリアムが赤い袋を開ける。中身は小麦粉である。

「違う……」

狩人が青い袋を開ける。砂糖。

「甘(あま)い……」

ウィリアムが黄色の袋を開ける。強力粉である。

「さっきとの違いが分からない」

狩人がオレンジ色の袋を開ける。でんぷん粉である。

逸(はや)る気持ちを抑(おさ)えながら確認するが、中々お目当ての塩に当たらない。

そのあとも、重曹(じゅうそう)、パン粉、グラニュー糖、白胡椒(しろこしょう)、黒胡椒、……もろもろ開けた最後にやっと白い袋を開く。

「しょっぱい‼　これ塩！」

「おおー‼」

「やっと……やっと……」

まさか最後って……全員が複雑な表情をしている。

ひとつひとつ確かめるには重すぎる袋に大分疲(つか)れていた。

白い粉だけでどんだけあるんだよ‼　……と愚痴(ぐち)りながら大きな塩の袋を各々(おのおの)担(かつ)いで運ぶ。

（姉様……これ、絶対倒せるよね？　たおせるよね？　たおせるよね？）

想定外の労力にウィリアムが嘆く。

知らないって罪深い。改めて思うのだった。

取り敢えず、持てるだけ持って外に出ると、人だかりがあった。

この辺は避難済みの筈なのだけど……と思っていると、その中から声がかかる。

「ウィリアム‼」

父レオナルドと叔父のアーバンだった。

「お父様‼」

人だかりは、パレスの狩人達だ。

「ウィリアム、みんなは無事か？　局地的結界ハザードの場所は分かるか？　大きさは？　魔物は？」

矢継ぎ早に質問される。

心配そうな父の顔を見るのが辛い。

「ス、スライムが三匹。穴の大きさは三センチくらいです」

「スライム！！！？　し、しかも三匹！」

「こんなとこにスライムが出るのか⁉」

スライムと聞いて、狩人達の顔付きが変わる。

「エマ姉様が……水鉄砲でっ……」

ウィリアムの続けて発した言葉に、皆が目を見張り、黙る。

パレスの狩人は優秀で、局地的結界ハザード発生時の訓練も積んできている。

緊急事態ではあったが、対処できる案件と思っていたのかもしれない。

現れた魔物がスライムと知るまでは……。

優秀な狩人達は、スライムの水鉄砲の威力を知っている。

「場所は案内します！」

ウィリアムが、時間が惜しいと直ぐに走り出す。

「うわっ！　父様!!」

レオナルドがウィリアムを塩の袋と一緒に軽々と抱えて、走る。

アーバンも狩人達も、黙ってそれに続く。

「ウィリアム……エマは……？」

走りながら父が重い口を開く。

スライムの攻撃を受けるということは、捕食対象になったということ。

スライムの攻撃を受けるということは、助からないということ。

ウィリアムが父親にエマの容態を伝える前に、猫達の姿が遠目に見えた。

「あ、あれはっ、何で猫が⁉　どうやって来た？　ゲオルグ⁉　血塗れじゃないか⁉」

アーバンが猫の隣で膝をつくゲオルグの姿を見つけ、走る速度を速める。

「血は、エマ姉様の血です！　猫達がパレスから走って来てくれて、スライムの攻撃を防いでくれたので今は応急処置で止血はできています」

「生きて、いるんだな？」

ウィリアムを運ぶ父の腕に力が入った。

猫をかき分けエマの元へ行く。

半身を紫に光る何かに覆われたエマがコーメイさんに体を預けている。

「お父様‼」

ゲオルグが父親に気づき、声をかける。

「遅くなった、どういう状況だ？」

レオナルドがそっとエマの頭を撫でながらゲオルグに尋ねる。

眠っていると思ったが、エマは頭を撫でられると瞑っていた目をあける。

レオナルドが少しだけほっとした表情を見せる。

「スライムは三匹。捕食対象は俺とエマとエドワード殿下です。エマは右上半身を水鉄砲で負傷。スライムの攻撃は猫達が防いでくれています」

「は？　殿下がっ？」

「にゃー！」

ブゥンっとかんちゃんがスライムを風圧で飛ばしたあとに挨拶する。

レオナルドもアーバンもパレスの狩人も捕食対象に王子がいると聞いて、挨拶どころではない。

肝心の王子は、猫に威嚇されエマに近付けず、猫に怒られないギリギリの距離でバレリーの狩人達に守られている。

「ウィリアム、何を持ってきたんだ？　どうやってスライムを倒す？」

ゲオルグがウィリアムとバレリーの狩人が抱えている袋を見て尋ねる。

ここにも白い紙袋には塩が入っていると知らない男がいた。

「スライムを倒す？」

レオナルドもアーバンも信じられないと驚く。

ウィリアムは、なんとか聞き取れたエマの案を塩の袋を見せて説明する。

「は？　塩？」

「いやいやスライムだぞ？　ナメクジじゃなくてスライムだぞ？」

「そんなんで倒せたら苦労しないですって！」

パレスとバレリー、両方の狩人達が口々に無理だとわめく。

「……やってみよう！　エマの案なら間違いない！」

「ですね！」

レオナルドのゴーサインに、間髪を入れずにアーバンも頷く。

そんな子供騙しの案が通るわけがないと思っていたパレス領の狩人達が、一斉に思い出した。

そうだ。うちの領主、娘に激甘だった。

それに、アーバン様は姪狂いだ。こんな緊迫した場面でも、ブレることはないんだ。

ふいに、狩人達から生暖かい空気すら漂う。

「しっしかし、スライムは素早いので、これだけの量の塩をかける前に逃げられるのでは⁉」

塩を運んだバレリー領の狩人が、案そのものの実行が難しいことを指摘する。

捕食対象にならない限り、よっぽどのことがなければ攻撃はされないが、スライムの動きは機敏で、おとなしく塩をかけられてはくれないだろう。

「ん？　どうした？」

エマがレオナルドの服を引っ張る。

視線でヴァイオレットを示している。

「ヴァイオレット、貸してくれるのか？」

コクンッとエマが小さく頷く。

エマの横にくっついていたヴァイオレットをレオナルドが頭に乗せてにっこりと笑う。

「え？　ちょっと！　え？」

「いや？　あの、え？　でかっ蜘蛛でか！」

「ん？？　ん？　え？」

ヴァイオレットの存在を知らない狩人達が何をどう突っ込めばいいか混乱する。

緊急事態で目に入っていなかった大きすぎる蜘蛛を、領主が満足そうに頭に乗せている。

何の解決にもなっていないどころか正気を疑う。

「取り敢えず、一番小さいのからやってみるか」

そう言ってレオナルドが塩の入った大きな白い紙袋を担ぐ。

「りょっ領主！　ちょっと待っ‼」

バビュン。

狩人が止める間もなく、レオナルドが一瞬で消えた。

消えたっと認識すると同時に遠くでザァァと塩が溢れる音がした。

「えええええええええええええええ！！！」

バビュン。

狩人の驚きの声が終わる前に、レオナルドが目の前に現れる。

「えええええええええええええええ！！！」

再び、狩人が驚きの声をあげる。

驚く狩人達を無視して、塩の袋を新たに持ったレオナルドが消える。

バビュン。

バビュン。

三匹のスライムの上に十秒かからずにこんもりと、塩が盛られていた。

狩人達は口をあんぐり開けたままで固まっている。

「いやいや、初めてやってみたけど、ヴァイオレット凄いなー！」

全く疲れを見せず、レオナルドが爽やかに笑う。

「お父様が一番速いですよ！」

ゲオルグとウィリアムが戻ってきた父に駆け寄る。

「ヴァイオレットの能力はその人の運動能力に比例してスピードが上がるみたいですね」

「スピード……というよりは身体能力全般が上がっている気がするな」

狩人達は口を閉じることができない。

「にゃー？」

かんちゃんが首を傾げている。

三匹のスライムからの攻撃が止んでいた。

塩を盛られた後は、そのままうねうねともがき苦しむかのように波打っている。

「あれ？　スライムが変だ！」

「これ、いけるかも！」

ゲオルグとウィリアムの言葉で口を開けたままの狩人達が、首をギギギっと軋ませ、ぎこちない動きでスライムの方に向ける。

「「「はっ……はあぁぁ!?」」」

そして、また驚きの声をあげる。開いた口はそのままずっと塞がらない。

スライムは、激しくうねり、苦しんでいるように見える。

それはこの世界では誰も見たことのないものだった。

数分も経たずに動かなくなり、スライムが塩で溶けたように見えなくなった。

「……？　本当に倒した？　スライムを？」

「塩で？　……え？　塩で？」

「いや、スライムだぞ？　え？　塩？」

「ま？　ま？　ま？　まじ？」

やっと口が利けるようになった狩人達がそれぞれ目を擦ったり、眉間を揉んだりしている。

かんちゃんがスライムの塩の山まで近づき、スンスンと臭いを嗅ぐ。

「にゃ？」

前脚で塩の山を崩すと、爪に何か引っ掛かっている。

ゲオルグとレオナルドも近づき、引っ掛かっているものを見る。

「……サ◯ンラップ？」

ぽつりとレオナルドが呟く。

「あ、それ俺も思いました」

それは、薄くて透明、転生前の世界でお馴染みのサ◯ンラップにしか見えなかった。

他の二匹のスライムも同様に、透明でぺらぺらのサ◯ンラップになっていた。

直接触ると爛れる筈のスライムだが、この状態だと平気だった。

あえて比べるならば、サ◯ンラップよりは、くっつきにくい。

ぺらっぺらの透明なそれは、ほんの少し前まで命がけで戦っていた魔物だとは到底思えない。

「こんな簡単に倒せるなんて、結局は所詮、スライム……ってこと？」

前世の認識とはかけ離れた凶悪なこの世界のスライムも、倒し方さえ分かればあっけないもので、ゲオルグがやっぱり雑魚キャラだったのかと首を捻る。

すると、ウィリアムが全速力で走って来て急かすように叫ぶ。

「エマ姉様が、水分含むと復活するかもしれないから、ぺらっぺらのうちに丸めて局地的結界ハザードの穴に返せって言ってます！」

「え？　なにそれ？　こわっ」

ゲオルグが急いでくしゃくしゃとスライムラップを小さく丸めて穴に詰め込む。

魔物は最後まで何が起こるか分からない、油断するなとレオナルドに注意されてしまった。

三匹とも丸めて詰め込んだ後で出てこないように、弱点であろう塩で蓋をする。

一度開いた結界の穴は、魔法使いでなければ修復ができないため、これから周りを何重にも煉瓦で囲み防壁を作ることになる。

国を滅ぼしかねない大災害、局地的結界ハザードはこうして幕を閉じたのだった。

第二十三話　天国。

ふっと目が覚める。
なんだかよく眠った気がする。
ぼーっとした頭を軽く動かすとモフっとした感触。
大きな猫を枕にして寝ていたみたいだ。

右を見ると大きな黒い猫がスピスピと鼻を鳴らしながら眠っている。

左を見ると大きな白い猫がゴロゴロと喉を鳴らしながら眠っている。

足元を見ると大きな三毛猫がお腹を上にして眠っている。

「……ここは……天国？」

大好きな猫に囲まれて、ふかふかのベッドで眠っていたなんて、こんな幸せ、天国に違いない。

思わず呟くと、おとなしく枕になっていた猫が気付き、こちらを窺う。

「にゃー？」

聞き慣れた、大好きな猫の声で覚醒する。

「コー……メイさん？」

枕になってくれていたコーメイが心配そうにエマの左側の顔を舐める。

ザリザリとした感触がくすぐったくて、ふふふっと笑う。

他の三匹の猫も起き出してエマの左側の顔を舐めに来る。

なにこれ？　猫達が一斉にデレてる。可愛い。

モフり放題だし、やっぱりここ、天国かもしれない。

カシャン
物音がした方を猫の隙間から覗くと、わなわなしているエマ付きのメイド、マーサが見えた。

「マーサ？」

何か落としたのか、怪我とかしてないか、声をかけるがマーサは応える前に踵を返す。

普段なら絶対にしないような足音を立てて急いで部屋を出て行く。

「だっ旦那様ー！　奥様！　エマ様がっエマさまがぁー！」

マーサが叫んでいる。何か怒られるような事したっけ？

窓を見ると明るい日差しが眩しい。あ……寝坊したかな？

そんな事を考えていると、血相を変えた両親と兄と弟が、これまた普段なら絶対にしないような足音を立てて部屋に入ってきた。ん？　流行ってるのかな？

「エマ‼」

父レオナルドが優しく左手を握る。

あ、大変。どうしよう、家族全員涙ぐんでいる。

「……やっと起きたのね」

母メルサが左頬を撫でる。

兄のゲオルグも弟のウィリアムもベッドの右側で泣き笑いのような顔でこっちを見ている。

「ん？　……私、もしかして死にかけてた？」

スライムを倒したところはぼやーっと覚えているけど、そこから自分がどうなったか分からない。

「あのあと三日間も高熱が出て、下がった後も起きないから、僕たちがどれだけ心配したと思ってるの!?」

ウィリアムの説明によると、大分寝込んでいたようだ。

そうそう、スライムの観察に夢中になりすぎて、水鉄砲に当たったんだった。

我ながら間抜けな負傷である。

右腕を見るとキラキラ光る紫色の糸に覆われている。

少し動かしてみて、痛くはないので、そのまま右腕と右頬を触れば、自分の肌ではないひんやりとした感触。

「これ、傷とかどうなってるのかな？」

一応、女の子なので気になる。どの程度の傷になっているのか。

自分の間抜けが招いた怪我だから仕方がないとはいえ、気にはなる。

「エマ、実は……」

レオナルドが涙を拭い、ググっと眉間を寄せ、険しい表情になる。

これは、かなり深刻そうだ。

「誰も、知らないんだ」

はい？　予想外の答えだった。

「あれから、治療しようにもヴァイオレットの糸を剥がそうとすると、猫達に邪魔されて何もできなかったんだ」

すまなそうに父は言うが、猫達には誰も勝てない。

治療という治療はさせてもらえず、応急処置の状態から何も変わっていない。

コーメイさんもリューちゃんもかんちゃんもチョーちゃんも、ずっと添い寝してエマの傷を誰にも触られないように見張っていたのだという。

「そうなんだ……コーメイさん、これ剥がしていい？」

背もたれになってくれている猫に尋ねる。

「にゃー」

「ダメかー。もう暫く待てってこと？」

「にゃー」

「そっかー。あと一か月はこのままにしとかないと駄目なのね？」

「にゃー」

「あっ普通にお風呂とかは入っていーんだ」

「にゃん！」

「ということらしいよ、あと一か月はどうなってるか確認できないみたい」

「……なんでコーメイさんと会話してるの？」

ウィリアムが頭を抱える。

猫語はノリと勢い。適当といえばそうなのだけれど、何となく分かるんだよね。

コーメイさんも違ったら違うって言うだろうし……言わないか。

「ま、剥がしても良くなったら教えてくれるかな？」

なるべく、でろでろになってないと良いけど。

我が夫となる者はさらにおぞましきものを〜とか持ちネタみたいに使いそうな自分がいるけど、伝わるの、この世界でゲオルグ兄様とウィリアムくらいだし。

傷が痛くないのが、ヴァイオレットの糸のお陰なのか神経がイカれているからか、どっちだろう？

これも剥がしてみないと分からない。

「そうだ、アーバン叔父様は？」

大好きな叔父の姿が見えない。

「アーバンは王都の大学に戻ったよ。エマの事、凄く心配していたけど、もともと滞在は二か月の予定だったから」

叔父にも心配をかけてしまった。見送りもできず……ん？

「叔父様、出発早くないですか？　まだ、一か月ちょっとしか経ってないのに……」

家族が残念な顔でこっちを見ている。あ、猫達も心なしか残念な顔してる？

「姉様……叔父様は二か月滞在しましたよ。むしろ、姉様が心配で一週間延ばしたくらいです」

と……いうことは……。

「エマは、一か月以上寝てたんだよ」

レオナルドが握っている左手に力を入れる。

メルサはずっと静かに泣いている。

「もう……起きないのかと……どれだけ心配したか！」

「す、すみません」

いつも怒られ慣れている母に泣かれるのは辛い。

そんなに人って寝られるものだとは思わなかった。

本当に死にかけていたのかもしれない。

一か月以上……なるほど、確かにお腹が空いている。

寝てる間、トイレとかどうしてたんだろ？　……うん、深く考えるのはやめておこう。

「あれ？　ということは私……もしかして、誕生日？　過ぎちゃった……とか？」

「「「「おめでとう！」」」」

意識のないままに十二歳になっていた。

楽しみにしていた誕生日のケーキも食べ損ねている。

「ありがとう！　あの……ケーキ……？」

なんという痛恨のミス、人生でケーキを食べられるチャンスを一つ失ってしまった。

諦めきれずに交渉を試みる……が。

「エマは当分、スープです。弱った胃で何を食べようとしているの！」

母が泣きながら怒る。

怒られている方が気が楽なんて初めてだった。

でも、今の空腹にスープだけでは満たされない。

「お肉……食べたいなー、なんて……？」

メルサがふっと笑う。笑ってくれるのが一番嬉しいや。

「エマの食い意地は治らなかったようね。食欲があるのはいい事よ。お医者様の診察が終わったら、用意するわね。取り敢えず今日はスープで我慢しなさい」

「……はい」

お腹はお肉、しかも牛さんを求めているが素直に従おう。

家族皆に心配かけて、三十五歳＋十二歳になっても相変わらずダメダメだな。

「そんなにシュンとしないの！　元気になったらお誕生日ケーキ焼いてあげるから！」

母の言葉が嬉しくて、笑みが溢れる。

ふふふっと笑うと、それを返すように家族全員が安心したように笑った。

また、これからも家族と生きていける。

何よりもそれが一番の誕生日プレゼントなのだ。

第二十四話　決意。

王都に帰ると、景色が違った。

慣れ親しんだ町並みは、王城に近づくほど破壊され、王立大学は瓦礫の山と化していた。

伯父のカインがクーデターを起こし、都は少なからず被害を受けていた。

母への寵愛が薄れた故に実家のバレリー領へ帰されたとばかり思っていたが、事前に情報を掴んでいた父はその対処に奔走していたらしい。

母と自分と妹は、里帰りではなく万が一のための避難だったと、王城周辺に未だ残る瓦礫を前に教えられたのだった。

クーデターの首謀者の目が第二王子に向かないよう、少し距離をとっていたのだと。

「私を嫌いになったわけではなかったのですか？」

母が恐る恐るといった様子で尋ねると、驚いた王は、いかに母を愛しているか、もともと大きな声を更に張り上げ、身振り手振りを交え大いに語り始めた。

息子や娘どころか、側に控えている使用人達の前だというのも忘れて、よくもこんなに言葉が出てくるものだと呆れる。

母が顔を赤くして小さな声で、もう……いいですと言うまで、それは続いた。

母や自分が父である王に見放されたわけではなかったと安堵する反面、ずっと心は重く、モヤモヤした日々を過ごしている。

早く王都に帰りたい。そう思っていた筈なのに。

復興へ向け、賑やかな町並みを見ても、クーデターでの父の勇姿を聞いても、前ほど心が動かされる事はなかった。

それは母も小さな妹も同じで、時折重たいため息を吐いては、あの出来事に想いを馳せるのだった。


バレリーへ行く前と後では全く変わった待遇に喜ぶべきなのだが、ローズも王子も心が晴れないのは、一か月以上経ってもエマの意識が戻ったとの知らせがまだ来ていないからだ。

あの日、スチュワート家の三兄弟を家に招かなければエマは傷を負うことはなかった。

駆けつけたレオナルドに母は何度も謝っていたが、その謝罪は受け入れられなかった。

「あれは、うちの子達の判断の結果ですから。むしろ、あの子達がいなければ被害は何百倍も拡がっていたでしょう。エマの目が覚めたら、うんと褒めてあげて下さい。喜びますから」

そう言って笑うレオナルドの顔は青ざめていた。スチュワート伯爵の娘への溺愛ぶりは有名だ。

それでも責めることはなく、勝手な行動に出た王子に礼すら言うのだ。

「殿下の行いは決して良い事ではありませんでしたが、お陰で息子と娘が命を落とさずに済みました。本当にありがとうございました」

深く深く頭を下げるレオナルドには、辺境を治める伯爵としての覚悟があった。三兄弟にも。

なんでもない事のように語る魔物の知識も、家業の養蚕事業も、どれだけの努力をして手に入れたものか。

普段から、のほほんとして見える家族を取り巻く環境は過酷なもので、魔物が出る度に死の危険が伴うのだ。

それでこの国から得られるのは、僅かな減税のみ。

狩人を雇うのも、沢山の装備も、辺境領主の懐から賄われる。

没落する辺境領主が多いのは全て、任せきりの国が悪いのだ。

王都で起きたクーデターなど馬鹿らしく感じる。人間同士での地位を狙った争い。

結界の中心である王都には魔物の危険がなく、脅威を全て辺境の領主に押し付け、のうのうと暮らしている。

それがどれほど過酷なことか知ろうともしないで。

殆ど王都で生きてきた自分も魔物の知識など皆無だ。

知らないから侮ったし、勝手に動いた。

結果的にゲオルグとエマの命が助かったといっても手柄などでは到底ない。

責められないからといって、犯した罪は消えない。

もしもエマが、目覚めなかったら。

毎日毎日が、不安に押し潰されそうになる。

エマのドレスは母を美しく飾り、社交界の花と再び言われている。

スチュワート家と第二王子の癒着だと、悪評を立てる者も少なからずいるが、母は美しかった。

誰も品がないなんて言わなくなった。

美に執着していたあの頃とは違う、自信に満ちた美しさだ。


全部、エマ達のお陰なのに、何も返せずにいる。

エマに傷を負わせ、変わらず辺境には魔物が絶えず出現している。

馬鹿みたいな権力争いより、馬鹿みたいな噂を立てるより、馬鹿みたいなマウンティングより、やれるべき事は山ほどあるのだ。

国についても、魔物についても、ちゃんと努力しよう。

知らないことばかりだから、これから忙しくなる。


次にエマに会うときに恥ずかしくないように、ちゃんと勉強しよう。

次にエマに会うときは、守れるようにちゃんと勉強しよう。

だから、エマ。

早く、目を覚まして。

元気になって。

それから、覚悟して。

良い男になって、絶対に惚れさせてみせるから。

第二十五話 傷痕。

目を覚ましてからエマは、体調を崩すことなく順調に回復していった。

ご飯は美味しいし、はじめはふらついていた足も今では問題なく歩けている。

相変わらずヴァイオレットの糸は剥がすことを許されずそのままだが、ここ最近はちょっと痒い。

無意識に掻こうと手を伸ばす度にコーメイさんの肉球に阻まれている。

「コーメイさん……そろそろ……」

「にゃー（ダメ）」

コーメイさんは片時も離れなくなった。

寝るときも食べるときもトイレまでずっとエマの側にいる。

よっぽど心配させてしまったみたいで、今や父より過保護で母より厳しい。

嫌いなお風呂も毎日一緒に入るので毛並みはより一層ふわふわで気持ちいいのは嬉しい誤算。

モフモフが止まらない。

暫くは、ベッドでおとなしくするように言われているエマに、三日にあげずヨシュアが見舞いに来てくれる。

コーメイさんも最初は警戒していたが、何度も通ううちにヨシュアが来てもエマの隣でおとなしくしてくれるようになった。

エマの傷の様子を聞いて、腫れ物に触るように扱う親戚達が多い中、態度が全く変わらないヨシユアと話すのは楽しい。手土産のおやつも毎回美味しい。

「エマ様、今日は王都の焼き菓子を持ってきましたよ。お気に入りの紅茶もあります」

……着々と餌付けされている。

ヨシュアから聞かされる王都の様子は、クーデターがあったとは思えないくらいに安定している。王自らが戦う姿は民衆に良い印象を与え、支持率は鰻登りとのことだった。

「あと、エマ様デザインのローズ様のドレスは大変好評のようですよ」

頑張って作って良かった。思わずふふふっと笑うとヨシュアもにっこり笑っている。

「エマ様マジ天使……」

何か呟いていたけどよく聞こえなかった。

「ヨシュアは王都に行ったことある？　学園ってどんな感じ？」

叔父であるアーバンの大学卒業後、パレスを叔父に任せ、一家は三兄弟が学園で学ぶために王都で暮らすことになる。

もともと学園に通うだけなら、寮もあるので子供達だけで行けば良いのだが、父がエマと離れたくないという名目で、揃って移住することが決まっている。

これは数年前、やっと貧乏生活を抜け出した頃に、頻りに遠慮するアーバンを大学へ行かせる方便だった。

父と違い、頭の良かったアーバンは学園卒業後も進学する資格があったのだが、傾きかけた家業を手伝うために、パレスに帰ることを選択していた。

アーバンを大学へ行かせるのは、父の悲願だった。

子供が学園に通う頃になったら交代して領主業を頼む、順番だ、とその時には到底叶わないだろう話をでっち上げ、説得したのだ。

まさか、本当にそうなるとは思っていなかったが。

養蚕業も軌道に乗り、パレスの優秀な狩人達の力添えもあって実現できる体制が整ってしまった。

前世では、田舎すぎて地元で職を見つけることができず、田中家の子供達は就職を機に家を離れることになった。

まだ、もう少しだけでも家族一緒にいられるのは嬉しい。

「王都ですか？　中心に王城があって、それを取り囲むように学舎があります。学園の生徒は全員爵位のある貴族の子息や令嬢なので、慣れるまでは少し大変かもしれないですね。授業科目の種類も各難易度の設定も細かく豊富なので学ぶことは楽しいでしょうが、夜会やお茶会などの社交の機会も増えるはずです」

パレスで好き放題に暮らしている三兄弟には、貴族社会は窮屈だろうとヨシュアは考える。

お茶会の様子を見る限り、同世代の男どもが沢山いる学園にエマを行かせるのも心配だ。

何せ、ゲオルグ様とウィリアム様はその辺、全く頼りにならないのだから。

レオナルド様とメルサ様の馴れ初めも学園だと聞いている。

いくらエマ様が虫好きでも、学園に湧く悪い虫どもを易々と彼女に集らせるわけにはいかない。

「ヨシュアは何でも知っててすごいね」

ヨシュアの不安をよそに、エマは呑気に話に耳を傾ける。

もともと商人の情報収集能力は高い。その情報を上手く把握して活かせるかが商売のポイントらしいが、ヨシュアはそれを全力でエマに向けている。

エマの興味の有りそうなことを重点的に予習し、手土産のセレクトも抜かりはない。

顧客のニーズに応えることが大切。エマの好感度を上げるためならヨシュアは努力を怠らない。

「エマ様の役に立てるなら、たとえ知らないことでも何でもお調べしますよ」

さらっと器のでかさもアピールする。

ゲオルグとウィリアムから第二王子がエマに恋したという不穏な話を聞いて、少し焦っている。

集めた情報に、王子の見た目や性格に欠点なんてものは見つからなかった。

エマへの想いは絶対に負けることはないが、相手は王子だ。権力には逆らえない。

「そ、そういえば、エドワード殿下から見舞いのお手紙が届いたとか？」

エマには、ローズだけでなく王子からも手紙が届いていた。

心配してくれていたのか、直筆で回復を喜ぶ言葉がびっしりと書かれていて、逆に申し訳ない気持ちになった。

「そうそう、ローズ様って字ですら綺麗で可愛いんだよ！　手紙も凄くいい匂いしたしっ！」

ヨシュアの思いを知ってか知らずか、エマは呑気に笑う。

王子の話を聞いたのにローズ様の手紙の話になっている。

今のところは、エマの興味が王子よりローズの方に向いているようでヨシュアは少しだけ安心する。

コンコンと控えめなノックと共にゲオルグと大きな箱を持ったウィリアムが部屋に入ってくる。

二人の兄弟は用事が終わるとなんだかんだエマの部屋に顔を出す。

「ただいまー、ってまた来てたの？　ヨシュア」

虫の世話を終えたウィリアムがヨシュアを見て呆れる。

「ヨシュア……仕事とか大丈夫なの？」

狩りから帰ったゲオルグもヨシュアを見て呆れる。

商人の父からヨシュアは三店舗の店を任されており、その売上がお小遣いになるとゲオルグは聞いたことがあった。

商品の買い付けのために、パレスを離れて遠出することも多い。

店の経営が上手くできれば、誕生日毎に一店舗貰えることになっている。

十四歳で複数の店のオーナーであるヨシュアは基本、忙しいのである。

「ヨシュア……いつも忙しいのに来てくれて、ありがとう。でも、無理しないでね？　私、大分元気になったし……」

ゲオルグの言葉にエマは反省する。ついついヨシュアには甘えてしまうのだ。

おやつも会話もエマの求めるものをヨシュアは提供してくれる。

商売人のヨシュアのマーケティング能力は常にエマを中心に発揮されているのだから無理もない話ではある。

「ちっ、ゲオルグ様……余計な事を……」

ヨシュアが小声で悪態をつく。

「エマさま！　僕が会いたいので無理なんてしていませんよ？　大丈夫です。全く問題ありません！

むしろ毎日でも会いたいです！」

そっと、王都で流行っているキャンディを手渡しながらヨシュアはエマに言い募る。

猫の相談を受けた後、急遽出掛けた一か月半の買い付けから帰ってくると、スチュワート家にはでかい猫が四匹、第二王子とのお茶会からの交流、バレリー領の局地的結界ハザード、エマの負傷……とヨシュアのいないところで目まぐるしく事件が起きていた。

側にいないと守れない。悪い虫も寄ってくる。

ヨシュアの優先順位はダントツでエマが一位なのである。

人を使うのにも慣れてきたので店も順調。

睡眠を少し削れば全く問題なくエマとの時間が作れる。

「でも……ヨシュア、目に隈ができてるよ？　一緒にお昼寝する？」

ヨシュアの目の下にできた隈をキャンディを持っていない方の手でなぞりながらエマが心配そうに覗き込む。エマのベッドは広いので二人で寝ても問題ないだろう。

「ねーえーさーまー」

ウィリアムが頭を抱える。これ、ほんとは計算でやってないか？

「えーまー……おまえ……」

ゲオルグが頭を抱える。これから学園で会う男全員にこんなことしないだろうな？　ヨシュアはもう救えないくらい末期だけど、これもしかして俺が止める役なのか？

早くも来年の学園生活が不安である。

ヨシュアは椅子に座っていたにもかかわらず、膝から崩れ落ち蹲り、震えながら神に感謝の祈りを捧げている。

「と……尊い！　神よ感謝致します！　僕の元にこんなに尊い天使を……感謝致します！」

この光景をエマはキャンディを口の中で転がしながらニコニコと見守っている。

ヨシュアは信心深いから、神様に決められた正確な時間に祈りを捧げているんだな、くらいに思っている。

ヨシュアを気の毒そうに横目で見ながら、ウィリアムが持っていた大きな箱をエマに渡す。

「いつも通りこっそり持ってきたので、マーサにはバレてないはずですよ」

そっと蓋を開けると中にヴァイオレットがいた。部屋から出られないのでマーサに見つからないように毎日こっそりとウィリアムが持ってきてくれるのだ。

エマのベッドで寝そべっていたコーメイさんがぬっと箱を覗いてヴァイオレットに挨拶する。

「にゃー！」

ヴァイオレットはコーメイさんの頭にカサカサと上っていく。

二匹はすっかり仲良しになっている。

「この子がヴァイオレットですか？　エマさまの言った通り綺麗な紫色ですね」

お祈りを終えた（復活した）ヨシュアがヴァイオレットを見て笑顔でエマに話しかける。

ちょっと大きい紫色の蜘蛛と話には聞いていたが、想像の何倍も大きくて、内心ではかなり驚いていたが、態度には出さない。

「可愛いでしょ？」

ヴァイオレットを褒められて嬉しそうにエマが笑う。

可愛いのは貴女です！　と再びお祈りを捧げそうになるのをヨシュアは必死で堪える。

「にゃー？　にゃ？」

コーメイさんが何やらヴァイオレットと会話している。

ただただ可愛い。

「にゃーにゃにゃ？」

エマを見てまた、会話に戻る。コーメイさんもヴァイオレットもひたすら可愛い。

そんな二匹を和んだ表情で暫く眺めていると、コーメイさんがエマに向いて一言、

「にゃん！」

と鳴いた。

「え？　これ剥がしていいの？」

何がどう通じたのか、エマが傷を塞いでいる蜘蛛の糸を指差してコーメイさんに尋ねる。

「にゃー！」

やっとお許しが出たようだ。

それならばと、エマは右側の頬の蜘蛛の糸に手を伸ばす……が。

ぱしっ
今度はコーメイさんではなく、ウィリアムに止められた。

「ちょっと姉様っ、そんなにあっさりと剥がそうとしないで下さいよ！」

お許しが出たから別に良いのかと思ったけど、何か問題でもあっただろうか？

ん？　とエマが不思議そうに顔を傾ける。

「……取り敢えず、父様と母様を呼ぶから待ってろ」

ゲオルグがため息を吐きながら部屋を出ていく。

エマの傷については、本人より周りの人間の心配の方が大きい。

特に傷口を直接見ているゲオルグとウィリアムは深刻な顔をしている。

「エマさま。家で雇っている腕の良い医者を呼んできます。剥がすのはそれまで待ってもらえますか？」

ヨシュアにまで労るような、懇願するような顔で言われては無理に剥がすことはできない。

「お医者様？　でも、もう痛くないのよ？」

今まで見せたことのない心配そうなヨシュアの顔に驚く。

「それでも……です。何があるか分かりませんから、万全の準備をさせて下さい。……みんなのために」

俯いているウィリアムの頭にぽんっと手を置いてからヨシュアが医者を呼びに行く。

エマ自身は自分の不注意からの傷なので覚悟というか諦めはついている。

今となってはあの焼け付くような痛みがないだけでもヴァイオレットに感謝しっぱなしだ。

周りの人間の反応を見て、心配したコーメイさんがエマを自身の体でくるむ。

もふっとした感触と温かい体温に、少しだけ緊張し始めていた体が緩んだ。

「コーメイさん……ありがとね」

ヨシュアの言う準備が整うまでコーメイさんのモフモフの体に埋もれてしばし待つことになった。

◆　◆　◆

「エマっ、エマっ」

コーメイさんにくるまれ、いつの間にか気持ちよく眠っていたエマは父レオナルドに優しく起こされる。

「準備できた？」

眠い目を擦りながら体を起こすと、父、母、ゲオルグ、ウィリアム、ヨシュアが緊張した面持ちでエマのベッドの周りを囲んでいた。

すぐ隣に白い服を着た女性が座っている。

「お医者さま？」

母より少し年上に見える栗色の髪の女性はゆっくりと頷く。

「エリアと申します。皮膚を専門に診ているので安心してお任せ下さいね」

ヨシュアがエマのために、急遽、王都から呼び寄せておいた医者である。

目を覚ます前にも一度エマを診察しているので、エマ以外は面識がある。

「エリアさん、よろしくお願いします」

家族全員が医者に頭を下げる。

息を呑んで見守る中、エリアの手がエマの右頬に伸びる。

ぺりっ
ぺりぺりぺりぺり
ぺりっ
いとも簡単にヴァイオレットの糸は剥がれていった。

「っっつっ」

その瞬間、父の顔が曇る。母がエマから顔を背け、父の胸に顔をうずめる。

「あっ」

ゲオルグとウィリアムは意外そうな、少しほっとした表情にも見える。

ヨシュアは終始穏やかな笑みを崩さない。

傷を見た家族の反応がバラバラなので少し不安になっていると、エリアから手鏡を渡される。

ある程度の諦めがついているとはいえ、いざ目にするとなれば、勝手に鼓動が速くなる。

フッと息を吐き、思い切って手鏡に自分の顔を映す。

驚いたことに溶けた外側の皮膚は綺麗に再生していた。

ゲオルグとウィリアムの話では外側の皮膚は水で流すだけで剥がれていく程のダメージを負っていたらしいが、ケロイドもなく、引きつることもなく、つるんとしている。

もちろん血なんて流れてない。

……ただ。

スライムの体液が直接当たった箇所と思われる、頬にできた放射状に刻まれた深い傷と、その線を繋ぐようにしてできた少し細い無数の傷は、痕が残ってしまっていた。

ヴァイオレットの糸の色を移したような紫色の傷痕は、腕にも体にも刻まれているようだった。

エマの肌の状態を診察したエリアは、これ以上の治療は必要ないと両親に告げた。

「傷痕は残ってしまいましたけど、負傷時の話を聞く限りでは、これ以上ない回復です。蜘蛛の糸を剥がした時に皮膚が破れる心配もありましたが、この通り綺麗に再生しています。これは奇跡と呼んでも差し支えないくらいに綺麗に治っています」

傷痕を見て涙する母を励ますように静かに淡々とエマの状態を説明する。

「傷痕はっ、治らないのですか？」

それでも母は、質問しないではいられなかった。

「……残念ですが」

エマはじっと鏡に映る自分の顔を眺めている。

一言も声を発することなく深く刻まれた傷痕を確認している。

「エマ……大丈夫だよ。傷は残ったけどエマが可愛いのは変わらない」

レオナルドがぎゅうっとエマを抱き締める。

「エマ、ケロイドも引きつれもない。スライムの傷がこんなに良くなるとは、ヴァイオレットに感謝しないと！」

「姉様。凄く凄く綺麗に治ってます！」

直接傷を見ているゲオルグとウィリアムもエマを元気づけようと言葉を尽くすが、エマは黙ったまま傷痕を見続ける。

「……カッコいいですよね？」

ずっと黙っていたヨシュアが口を開く。

家族が場違いな発言に怒る前に、エマがぱっとヨシュアの方に顔を向ける。

その瞳は爛々と輝いていた。

「ん？」

「えま？」

エマの予想外の反応に戸惑う家族とエリア。

「ヨシュアもそう思う？」

エマが嬉しそうに鏡に再び目を落とす。

「はい、蜘蛛の巣みたいでカッコいいですよ、傷痕」

放射状に刻まれた深い傷とその線を繋ぐように無数の少し細い紫色の傷痕は、言われてみれば蜘蛛の巣に見えないこともない。

というか、一度気付くともう蜘蛛の巣にしか見えなかった。

「……姉様……もしかして？」

ウィリアムが恐る恐る口を開く。

「うん！　この傷痕、気に入ったわ！」

エマは満面の笑みで応えた。


異世界に突如転生した田中家。

全くもって向いてない貴族としての生活。

魔物は出るし、お茶会もあるし、少々大変な異世界だけど、再び大好きな猫達に会えた。

ただ平和に慎ましく暮らしていければ良いなんて思いとは裏腹に、これから先も事件が起きたり、起こしたり、巻き込まれたり、助けたりと忙しい日々が続いてゆくのであった。

第二十六話　商人と貧乏貴族。

パレスは新しい。

王国の端にある領は常に魔物の脅威に晒されている。海に面していない南側は出現範囲が広く、パソット領、レングレンド領、スチュワート領の三領主は厳しい環境で何とか各々の領地を守っていた。

今から六年前、パソット領が経済破綻し、レングレンド領の領主と跡継ぎである息子が魔物に殺され、同時期に二つの領が没落した。

中央の領には貴族が有り余っているにもかかわらず、誰も辺境の領主になろうとする者はいない。スチュワート領も領主が魔物狩りの際に負った傷が元で亡くなり、息子に代替わりしたばかりだった。

魔物の出現の多い領地を治める者がいないのは国としても大問題で、結局王命によりこの二領はスチュワート領主のスチュワート伯爵が治めることになった。

ヨシュアが初めてスチュワート伯爵一家に会ったのも六年前である。

王都に近い領で商いをしていた父が、何を思ったか三領がひとつになった新しくパレスと名付けられた辺境の領へと移ったのだ。

父の仕事を手伝う中で一番嫌いなのが、貴族へのご機嫌伺いであった。

「いいか、ヨシュア。いつも通り何を言われても我慢するんだぞ」

父はいつも念を押す。

外側ばっかり気にして、中身がお粗末な人種。

ヨシュアの知っている貴族は皆、偉そうだった。

何をすればそんなに尊大でいられるのか単純に理解できなかった。

「分かってるよ、父さん」

今日の仕事は馬鹿にされに行くことだ。ヨシュアは膨れっ面で応える。

運の悪いことに今日行くスチュワート伯爵家には同じ年頃の子息、令嬢もいるらしい。

前の領では貴族の子供にお気に入りの服を破られたことがある。

平民の癖に良い生地の服を着るなとか言われて。

「パレスで商いをするためには、領主に気に入られなければ……」

新しい土地での商いに父もいささか緊張している様子だった。

辺境とはいえ、パレスという広大な土地の領主になってしまった、スチュワート伯爵家のご機嫌を損ねることはあってならない。


代々、辺境の領地を治めるスチュワート伯爵家は、ヨシュアが今まで訪れた貴族の屋敷の中でダントツに地味だった。

庭はそこそこ広いものの、屋敷の中に案内されても華美な装飾品が全くない。

事前にアポをとって時間厳守で訪ねても、ドタキャンされたり、長時間待たされることが多かった今までと違い、この日は到着してすぐに応接間に案内された。

「お初に御目にかかります。ダニエル・ロートシルトと申します」

父より一歩下がり頭を下げる。礼節を重んじる貴族は下げる角度が浅いと途端に機嫌が悪くなるので意識して深く深く、貴族の許しが出るまで頭を上げることは許されない。

「これはご丁寧な挨拶を、頭を上げて下さい。少し散らかっていて心苦しいのですが、どうぞこちらにお座り下さい」

顔を上げると、応接間の至る所に白い布が溢れていた。

すすめられたソファーの周り以外は、繊細なレースや質の良い絹で埋め尽くされている。

その中に、天使がいた。

金色に輝く髪と緑色の瞳、ふんわりとした柔らかい顔つき。

瞳と同じ色のシンプルなワンピースが似合っている。

「これは、とても良い生地ですね」

天使に見とれていたヨシュアをソファーに座らせながら父が伯爵に話しかける。

確かに、どれも父が扱っている絹織物より見ただけで上質と分かる。

「スチュワート領は養蚕が盛んだからね。ようこそ、パレスへ。領主のレオナルド・スチュワートです」

伯爵は自然な動きで、父と握手をするとヨシュアの方に目を向ける。

「息子のヨシュアです」

天使よりもやや濃い色の金髪に紫の瞳の伯爵はにっこりと笑ってヨシュアにも握手する。

貴族に握手を求められるなんて初めてのことだった。父も表情には出さないが、驚いている。

「ヨシュア君は何歳？」

「今年で八歳になりました」

ヨシュアに代わり、父が答える。

「へぇ随分大人びて見えるね。ゲオルグのひとつ下だね」

そう呟くと、伯爵は子供達を呼び寄せる。

天使の他に男の子がふたり、白い布の中から顔を出す。

エマ……と呼ばれた時に天使が顔を上げて、布をかき分け伯爵の膝の上に乗る。

「長男のゲオルグだ。九歳になる」

ゲオルグと呼ばれた少年がニカッと笑って軽い会釈をする。

「次男のウィリアムは三歳」

ウィリアムもゲオルグの真似をするようにニカッと笑って軽い会釈をする。

「そして、この天使が長女のエマ。もうすぐ六歳」

伯爵が天使の頭を撫でる。

天使だと思ったのは間違いなかったようだ。

「近くに同じ年頃の子供がいなくてね。ヨシュア君が仲良くしてくれると嬉しいな？」

辺境の領主だけあって、がっしりした体のスチュワート伯爵がヨシュアに軽く頭を下げる。

子供のためとは言っても平民の子供の自分なんかに。

変な貴族だな……偉そうじゃない貴族なんて初めて見た。

すると、天使がヨシュアの顔をじっと見つめていることに気付く。

ヨシュアの顔にはそばかすがある。

美意識の高い貴族の子供達に汚（きたな）いと散々からかわれ、貶（けな）されてきた。

その中にはそばかすを濃い化粧（けしょう）で誤魔化（ごまか）している奴（やつ）すらいたのに。

物心ついたときからそばかすは、ヨシュアにとって一番のコンプレックスだ。

こんな可愛（かわい）い天使がいるのなら、慣れない化粧をしてくればよかった。

なぜか目の前の天使に、できるだけ嫌われたくないのだ。

それに、この可愛い天使に詰（なじ）られたら変な趣味（しゅみ）が開花しそうである。

ととととっと天使がヨシュアの前に来た。

そばかすを近くで見ようとしているのか、顔を近づけてくる。

ヨシュアとは違い、透（す）き通るような白い肌（はだ）にはそばかすなんてない。

天使に見とれていると、さらに顔が近づいて来て……

ちゅっ

一瞬、柔らかい感触がヨシュアの鼻の付け根あたりに落ちてくる。

「「なっっっ‼」」

ヨシュアと同時に伯爵も声を上げる。

「ヨシュア君？　仲良くとはそういう意味じゃないよ」

ものすごい低い声で怒られたが、答える余裕なんてない。

ヨシュアの顔は真っ赤に茹で上がっていた。

ヨシュアがキスされたのはコンプレックスのそばかすが濃い箇所で、そんなところに、ちゅってされた衝撃は大きい。

天使がふふふっと笑う。神々しいほどの天使スマイルだ。

「顔のそばかす、チャタテムシがいっぱいいるみたい。素敵ね」

後で知ることになる虫を見るときのエマの笑顔だった。

たったこれだけで、コンプレックスがチャームポイントになった。

天使が、エマが素敵ねと言ってくれた。

昇天しそうな程、嬉しい。そばかすがあってよかった。

「ヨシュア君？　仲良くとはそういう意味じゃないからね」

エマの手を取り、再び膝に戻した伯爵は言い聞かせるように低い低い声でヨシュアに釘を刺す。

残念ながらヨシュアはもう、そういう意味でしかエマを見られなくなっているのに。

カチャっと扉が開き、強そうな迫力美人がティーセットを持って入ってくる。

優雅な所作でゆっくりと香りの良いお茶を淹れてゆく。

その香りのお陰で、伯爵もヨシュアも少し落ち着くことができた。

それぞれにお茶が行き渡ったところで伯爵が美人を紹介する。

「妻のメルサだよ。メルサ、ダニエルはパレスで商売をするために挨拶に来てくれた」

たしか……伯爵の奥様は、王都で名を馳せた才女。

その才女がメイドのようにお茶を出す。ついに、父のポーカーフェイスが崩れる。

「おっ奥さまにお茶を淹れて頂けるとはっ大変光栄なことで！」

慌てる父にメルサが笑う。

「昨日、一角兎が大量に出現したので屋敷の者は総出で毛皮の処理に回っているの。お茶の味の方は保証できませんが、どうぞ」

一角兎は群れで出現する。毛皮は早めに処理しなくてはならないために人手がとられていると、伯爵からも説明される。

「来週には市場に出ると思うから、試しに買ってみるといいよ。パレスは暖かいからあまり売れないけど、北の方に持っていけば小遣い稼ぐくらいにはなるかもしれないよ？」

小遣い稼ぎどころか、一角兎の毛皮は王都でも人気な上に出現しても狩人の腕が悪ければ毛皮にできないことも少なくない。

総出で毛皮の処理にあたる程の量を確保できれば相当な儲けになる。

「市場では、因みに一匹いくらで？」

商人の父の目が光る。

ロートシルト商会はなんでも取り扱っているし、国内外の販売ルートも確保している。

「……今回は大量に出たから、そうだね、銀貨二枚くらいかな？」

その言葉に、父もヨシュアも思わず息を呑む。

安い。安すぎる。この領主、商売下手くそか？

販売の手伝いをしたことのないヨシュアでさえ、おかしいと分かる。

一角兎の毛皮の相場はどんなに質が悪くても仕入れ値でも銀貨二十枚以下は見たことがない。

「伯爵。十倍出すので、私に全て買い取らせて頂けませんか？」

降って湧いた儲け話に父が飛び付く。

まとまった量が手に入るなら商売の幅も広がる。

「ん？　そんな悪いよ、私と弟が仕留めた百匹分くらいなら、お近づきの印に差し上げますよ？」

スチュワート伯爵が何でもないように父に応じる。

……もう一度言おう、この領主、商売下手くそか？

そもそも目の前に無造作に広がっている白い布でさえ、かなり高く売れそうだ。

それなのに、スチュワート家が養蚕業をしていることなど、ヨシュアも父も知らなかった。

「あの……伯爵……この布はどうするのですか？」

恐る恐る訊いてみる。

「ああ、ごめんね、散らかってて。うちのメイドが結婚することになってね！　花嫁衣装を家族で作ってるんだ。中々時間が取れなくて切羽詰まってるんだよね」

手作りかよ！　いやいや、この布売れば、王都で花嫁衣装くらい数着買えると思う。

あと、この繊細で細かいレースなんか王妃が使うレベルなのでは……と、そのレースを辿って見れば、伯爵の手元まで続いている。

「ごめんね。本当に切羽詰まってて」

伯爵の手元が高速に動いていた。

繊細で細かいレースをごつい伯爵が編んでいる。

職人かよ！

よく見ると三歳と紹介された末っ子のウィリアムは、白い布に白く光るビーズを絶妙なバランスで縫い付けているし、ゲオルグは花と間違える程にリアルな造花を作っているし、天使は可愛い……じゃなくて、父親に細かいレースのデザイン画を見せている。

「あの……衣装ですが……うちでも取り扱っておりますので、ご購入されてはいかがでしょう？」

父が高速で動く伯爵の手元を見ながら、提案する。

今できているレースだけでも買い取りたいと顔に書いてある。

「いや……なにぶん我が領は貧乏でね。家族、使用人のものは全て手作りするしかないんだよ。屋敷の物は大体売ってしまったしね」

恥ずかしそうに伯爵は答えながらも、手は変わらず高速で動き続けている。

あ、この領主、商売下手くそだ。

しかも世界で一番下手くそだ。

目の前に超絶高く売れるものが山となっているのに。

誰か教えてあげなよ。え？　領民も下手なの？　嘘でしょ？

「スチュワート伯爵……領の特産品の管理、私に任せてもらえないでしょうか？」

大きな儲けに飛び付く……というよりも、見るに見かねて父が口を開く。

伯爵の腕ならレース編んでるだけでも家が何軒も買える。

どうやったら貧乏になれるのか、教えてほしいくらいだ。

「え？　任せてもいいの？」

二つ返事で伯爵が了承する。

この人絶対、今までに少なくない数、騙されている。

これが領主なのかと心配になる。

ヨシュアですらひしひしと感じているのだ、父なら尚更だろう。

自分が何とかしてあげないと……見ていられない。

こうして、品質の良いパレスの特産品の数々がヨシュアの父の力で日の目を見ることになる。

何代にも亘って屋敷の物を売っては何とか領地経営を続けてきたスチュワート家は、屋敷そのものを売る直前で持ち直すのであった。

数年後、ただでさえ上質だった絹がエマの力により最上級の絹になったことで、パレスは国で一番裕福な領となっていた。

父のダニエルとスチュワート伯爵は酒飲み友達となり、仲良くしている。

「ヨシュア、今年もお前に任せた店の売上は好調だ。次の誕生日はどの店が欲しい？」

父が三店舗の帳簿を眺めながら訊いてくる。

ヨシュアの答えは、もう決まっている。

「父さん、その三店舗は父さんに返します。代わりに王都にある支店を僕に任せてもらえませんか？」

「お前……本気か？」

ヨシュアの言葉に父が頭を抱える。

王都の支店は、第一王子派の不買運動の影響によりロートシルト商会で唯一、赤字を出している。

店への直接的な嫌がらせも度々報告されている問題の多い店舗だ。

でも。

「来年から、エマさまは王都ですから。大丈夫ですよ、父さん。僕、第二王子には負けませんから」

エマの前では絶対に出さない悪い顔でヨシュアは笑う。

自分の知らないところで、今回みたいに怪我をされるのだけは止めてほしい。

心臓が幾つあっても足りないではないか。

たった一つしかない心臓は、疾うの昔にエマに捧げているのだ。
エマを失うなんて耐えられない。
「学園にも通いたいので、そろそろ爵位も買いましょう?」
お金を出せば、男爵位くらいまでは買えるのだ。
ただ、額が額なだけに簡単に買えないだけで。
ヨシュアはエマのためなら、いつだって本気だ。

第二十七話　王都へ。

「エマ様、やっと完成しました。今度こそ、今度こそは納得のいく出来になっているはずです」

ヨシュアが商人の意地とプライドをかけてスチュワート家の庭で披露したのは、一家が王都へ旅立つのに必要不可欠な馬車だ。

パレスから王都までの十五日間の長距離移動に耐えられるものをと新しく商会に頼んでいた。


家族五人と使用人が乗る馬車は、長旅用の既製品で事足りたのだが、問題となったのはエマの虫専用の虫馬車と、猫四匹のための猫馬車であった。

蚕の研究は王都でも引き続きやるつもりなので、無事に連れていくために人よりも気を使う。

揺れを抑えられるようにと、カバに似た魔物のヒポポタマルの表皮を車輪の外側に取り付け、衝撃吸収に成功した。

王都へ着けば虫馬車は車輪を外すだけで虫小屋としても使えるように設備を整えてある。

猫馬車にもヒポポタマルの車輪を付け、中は一角兎の毛皮を敷き詰めたが猫達の反応がいまいち良くない。

「コーメイさん、乗りたくないの？」

モフモフの車内は快適そうに見えたが、どの猫もスンスンと臭いを嗅いだだけでプイっとそっぽを向く。

「にゃーん……うにゃっ」

「え？　モフモフ過ぎで暑いから嫌だ？」

「にゃっ」

「にゃーん……うにゃっ」

「え？　フィット感がなんか違う？」

「にゃっ」

「にゃーん……うにゃっ」

「え？　入り口が大きすぎて、おっ面白く……ない？」

「にゃっ」


試作品を持ってきては猫にダメ出しされ、ヨシュアが肩を落とし帰ること三回。

今日こそはと持ってきた新作の猫馬車は、四角い箱型に車輪が付いた、シンプルな外観に様変わりしていた。

明かり取りの窓はなく、入り口も猫が通れるとは思えない程の幅しかない。

一角兎の毛皮は冬に狩られたものから夏に狩られたものに交換された。

「さあ、コーメイさん、中にはい……らない！」

コーメイはスンスンと臭いを嗅ぎ、入り口に首を突っ込むまではするものの、馬車にはやっぱり乗らない。

「……なんですか？　毛皮は替えたし、車体の大きさも一回り小さくしたし、入り口も狭く小さくしたんですよ？」

また設計士に相談しないといけないのかとヨシュアが頭を抱える。

「にゃーん……うにゃっ」

「ヨシュア、ごめんね？　コーメイさん曰く、においが嫌だって……」

エマが通訳し、謝る。

「うううううう……に、におい？」

「にゃっ」

ヨシュアは猫馬車（試作四号）の入り口に顔を突っ込んでにおいを確かめるが、分からない。

「に、においって対策どうすればいいんだ？　一角兎の毛皮はスチュワート家でも使っているから問題ないはずだし、本体は木だし……うーん、釘とかの鉄？　でも鉄って普通に家具でも使われてるよな……。コーメイさんは毎日エマ様のベッドで一緒に寝ているらしいし……うらやましい。……じゃなくて……」

ぶつぶつとヨシュアが呟いていると、狩りから帰ったゲオルグがヨシュアを呼ぶ。

「ヨシュアー。ヒポポタマルが何体か出現したから早めに市場へ見に行った方がいいぞー」

もともと食肉として人気のヒポポタマルは競争率が高い。

肉以外の部位は捨てられていたが、魔物かるた作りの際にエマがポツリと言った、これ、タイヤの代わりにならないかな？　に家族が反応した。

田中家として暮らした記憶がある以上、馬車の乗り心地には少々不満があった。

パレス領内はここ数年で着々と石畳を敷き、道の整備を進めているが、王都への道のりには悪路も多いと聞いていた。

ヒポポタマルの表皮は硬いのに程よい弾力があり、背中側の方は剣ですら弾く程耐久性もある。

車輪に取り付ける際のめんどくさい加工や、表皮を車輪に固定する方法など、大変な工程は全部ヨシュアに丸投げ……お願いした。

エマの適当な思いつきと、ロートシルト商会の力でパレスの特産品は年々増え続けている。

「ヒポポタマルの表皮は大発見ですよ、エマ様！　舗装されていない道の揺れや小石に乗り上げた時の衝撃が嘘のように和らぎます。よくも、こんな凄いことを思いつきますね」

馬車の買い手は貴族が多く、少々値段を吊り上げても確実に売れるとヨシュアの父も喜んでいた。

一つ残念なことに、このヒポポタマルという魔物は出現頻度が高くない。

多くても月に一度出現する程度で、市場に持って行かれたらすぐに肉の解体が始まってしまう。

表皮はこれまで廃棄されていた部位のために、解体時は大きなのこぎりで適当に切り刻まれる。

細かく切り刻まれてしまえば、車輪用に使えるだけの大きさを確保するのが難しくなってしまう。

解体の前に市場で表皮を購入して、車輪用に効率よく切ってもらうために、ヨシュアは一旦、スチュワート家から市場へ向かうことになった。

「ゲオルグ様、情報ありがとうございます！　ヒポポタマルの大きさ次第で、エマ様達が乗る馬車にもヒポポタマルの車輪が用意できるかもしれません。エマ様少々、席を外しますが必ず帰ってきますので、コーメイさん達に猫馬車の要望を聞いておいて下さい」

猫馬車ではなく乗ってきたロートシルト商会の馬車を走らせ颯爽とヨシュアは市場に向かった。

「……相変わらず忙しそうだな、ヨシュア」

「兄様、かんちゃん達も帰ってきてますか？　ヨシュアが猫馬車を持ってきてくれたので、コーメイさん以外にも意見を聞きたいのですが……」

「……王都に行ったら人前では猫と話さないようにしろよ、エマ……」

家族やヨシュアみたいにエマの奇行に免疫がある人間はそうそういない。

礼儀作法をしっかりと身に付けた貴族令嬢、令息の通う学園に珍獣を送り込むようなものだよな……とゲオルグは、一か月後に迫った引っ越しに不安しかない。

「まあ、お兄様。私、前世では兄弟の中で一番堅実でまともな生活をしていたと思うけど？　ちゃんと分かってるつもりよ。心配しないでほしいわ」

心外だと言わんばかりにエマが兄を見るが、残念なことに右頬に残る傷のせいで説得力は皆無だった。

「はぁ……。てかこれ、猫馬車っていうより、もうネコンテナだな。窓もないし、飾りもない四角い箱にしか見えない……」

数度の猫へのヒアリングにより、馬車の形は段ボールをイメージした四角い箱型である。

ゲオルグは、猫馬車改めネコンテナの中を覗く。

「窓ないと真っ暗だな……。ん？　これ、天井が開くのか？」

中に入り、天井をスライドさせると太陽の光がネコンテナ内を照らす。

一角兎の冬毛は真っ白だが、ネコンテナ内に敷き詰められた毛皮は夏毛を使っているために茶色や黄色の内観に変わっていた。

高級志向の王都の貴族の間では、毛足の長いモフモフの冬毛が人気らしいが、気候が温暖なパレスではこの夏毛の方がよく使われている。

春が近いこの時期にしては、日差しが暖かく気持ちいい。

ゲオルグがネコンテナの中でごろんと寝っ転がる。

「あ……これ……余裕で寝られる」

「兄様は、いつでもどこでも寝られ……すごい、ネコンテナって言うより……ネ〇バスっぽい！」

一角兎の夏毛の色合いも手伝って、あの猫好き憧れの乗り物に見えた。

よいしょっと、ややババくさい掛け声とともにエマもゲオルグの隣に寝っ転がる。

「あー気持ちいい。夏毛でも十分温かいね」

「もう、俺、引っ越しの道程、こっちのネ〇バスでもいいかも」

「私も……」

ごろんごろんと転がりながら毛皮のモフモフを堪能する。

いつの間にか二人並んでうとうとしていると、母の手伝いを終えたウィリアムが馬車を見つけ覗き込む。

「あっ二人とも、母様の手伝い僕に押し付けて、こんなところで何をやっ……え？　何これネ○バス？」

ウィリアムも中に入り、エマの隣に寝っ転がる。

「え？　寝心地サイコーじゃないですか？」

日差しポカポカ。毛皮フカフカでウィリアムも並んでうとうと眠り始めた。

「姿が見えないと思ったら、こんなところにいたのか」

ゲオルグと共に狩りから帰っていたレオナルドが馬車の中を覗く。

「こ、これは、ネ○バス？」

「もう、皆、どこに行ったかと思えば……」

領地経営に関する書類をまとめ終わったメルサが馬車の中を覗く。

「こ、これって……ネ○バス？」


ネ○バスの中で家族五人がすやすや眠っている。

その様子を見守りながら、毛づくろいをしていたコーメイさんの元へ、狩りを終えたリューちゃん、かんちゃん、チョーちゃんも合流する。

「うにゃーん！」

「にゃにゃ？」

「にゃ」

「うにゃ？」

「にゃ」

「にゃにゃにゃにゃ」

　くしゅんっとエマがくしゃみをした。

　日差しと毛皮で暖かいと言ってはいたが、この時期のお昼寝は毛の少ないエマには、まだ寒いのかな……とコーメイが馬車の中を覗く。

　あれ？　変なにおいが消えてる？

　天井を開け、換気と天日干しされた車内はさっきまでの嫌な臭いが消えていた。

　お日様とエマとゲオルグ、ウィリアム、レオナルド、メルサのニオイ……。

　大好きなエマや家族のニオイで溢れたこの空間……肉球に優しい前よりも短めの毛皮の感触……悪く……ない……？

　庭で、エマと家族とお昼寝……悪くない！

　コーメイはするっと馬車に乗り、エマとゲオルグが並んで眠っている隙間に無理やり体を入れる。

「むにゃ、コーメイさんあったかい……」

　寝ぼけながらもエマがコーメイに擦り寄る。

　その様子を見てかんちゃんがゲオルグの横に、リューちゃんがウィリアムとエマの間、チョーちやんがウィリアムとメルサの間に寝ていたレオナルドの上にと順番にやって来る。

「ぐっふ、チョーちゃ……さすがに重っ」

前世、一志の上はチョーちゃんのお気に入りの特等席だった。

ゴロゴロゴロと満足げに猫達が喉を鳴らす。

車内には家族五人と猫四匹がぎゅうぎゅうで、この上なく幸せそうにすやすや眠っている。

◆　◆　◆

「えーっと……どういうこと？」

超特急で市場へ向かい、ヒポポタマルの表皮を解体前に無事に手に入れて帰ってきたヨシュアが首を傾げる。

あれだけ気に入らないと言っていた猫達が、猫馬車の中で気持ちよさそうに眠っている。

猫だけでなく、スチュワート一家も全員が揃って気持ちよさそうに眠っている。

「あのう……猫馬車……完成という事でよろしいでしょうか？」

ヨシュアの問いに、すやすや気持ちよさそうな寝息だけが答えてくれた。

◆　◆　◆

一か月後。

猫とスチュワート一家が乗った馬車が出発する。

結局、一家と猫は同じ馬車に乗り、一家が乗るはずだった馬車にはヨシュアが一人で乗ることになった。

「ううう、十五日間エマ様と同じ車内だと思ったのに……」

涙を堪えながら、ヨシュアは任される王都の支店の資料を読んでいる。

猫四匹と一家五人、少々重量オーバーな馬車を引くのは、馬ではなく一匹のロバだった。

ロバの頭には日よけの布がかけられ、中にはヴァイオレットが隠れている。

道中、巨大な馬車を引く小さなロバの目撃情報が相次ぎ、人々を驚かせることになる。


出発前にレオナルドがニヤリとしながらお決まりの儀式を仕掛ける。

「よし、全員揃ったな……『スチュワート家ー！　点呼ー！　番号ー！』」

『いーちっ』と言ってレオナルドが敬礼する。

『にーいっ』と言ってメルサが敬礼する。

『さーんっ』と言ってゲオルグが敬礼する。

『ダーっ』と言ってエマとウィリアムが拳（こぶし）を突き上げる。

「「「にゃーっ」」」と言ってエマとウィリアムの真似（まね）をして猫達が肉球を突き上げる。

家族全員、いつものように笑い合った。

前世の記憶を思い出してから一年。

知識もチートもスキルもなく、役割も意味も見出（みいだ）せずの異世界生活を、それなりに楽しく満喫（まんきつ）する田中家。

元気があれば、家族がいれば、なんでもできるのだ。

十五日間の旅の後、王都での生活が……始まる。

書き下ろし特別編

類友。

「ローズ様、そろそろ出発なさいませんと………」

パレス領は馬車を使っても数時間はかかる。

それなのに、ローズ様は優雅に紅茶を楽しんでいた。

見かねた執事が恐る恐る声をかけるが、一向に動く気配はない。

王から暇を出され、ローズ様はご実家であるバレリー領で好き放題に暮らしていた。

せめて我が儘は領内で留めてほしい……父親であるバレリー領主の願いも虚しく、最近のローズ様は身分を隠してお茶会に参加し、戸惑う主催者や招待客を見て楽しむ、悪趣味なお茶会テロを敢行していた。

王都から離れたこの地で、王族を見ることのできる者など限られている。

心の準備もないままに現れた側妃と真っ黒な髪の王子、姫を迎えるなど畏れ多く、地獄でしかない。

楽しい、楽しいと虚ろな目で笑うローズ様。

側妃付きメイドのメグには苦しい、苦しいと助けを求めているように見えた。

「あのような笑い方をする御方ではなかったのに………」

ローズ様が幼少の頃からバレリー家に仕えている執事は、悲しそうにもどかしそうに、ため息を吐く。

王家に嫁ぐとは、ここまで苦しむことなのだろうか。

十数人いる側妃付きメイドの中でも新顔のメグは、王都からローズに付き従い、先輩メイド数人と一緒にバレリー領へ来ることになった。

メグ自身は子爵家の娘として学園に通い、結婚したが離縁され、実家にも居場所はなく、運よく王城のメイドの職を得て今に至る。

「ローズ様……」

美しい主が本当は真面目で努力家で、優しい人だとメグは知っている。

冬の寒い時期、メグのガサガサの手を見たローズ様は恐ろしく高いであろう美容クリームを下さった。

「そんなガサガサの手で触れられたら、肌が傷ついてしまうわ」

キツい一言と取る者もいるかもしれない。

でも、頂いたクリームのお陰で、滑らかになったメグの手を見たローズ様が一瞬、嬉しそうにふっと笑ったのをメグは見逃さなかった。

もしかしたら、王家に嫁ぐ前はあのような柔らかい、優しい笑い方をされていたのかもしれない。

たかだか、メイドごときではあの方を守れない。

たかだか、メイドごときではあの方を救えない。

願わくは、誰かあの方を助けて下さい。

どうか、どうか、ローズ様を助けて下さいと、メグは祈ることしかできないのだった。

◆　◆　◆

神様は本当にいるのかもしれない。

その日、お茶会から帰って来たローズ様の雰囲気が嘘みたいに和らいでいた。

「スチュワート伯爵は、お金持ちだし良い男らしいから、火遊びでもしてきたんじゃない？」

一緒に王都からバレリー領へローズ様に付いて来た先輩メイド達が心ない噂話をしている。

火遊び………？　そんなもので、ローズ様が救われるだろうか？

「お紅茶、とってもいい香り。クッキーもすごくおいしいです。ありがとうございます」

スチュワート三兄弟がバレリー領へ遊びに来るようになってから、更にローズ様の表情は柔らかくなった。

紅茶のおかわりを注げば、メイドであるメグにすら笑顔で礼を言う三兄弟。

最初は驚いたが、あまりにも自然に当たり前に出る言葉は、そのような気遣いは不要と断ってもなくなることはなかった。

スチュワート伯爵家の三兄弟のために、どのような遊びにも対応するべく、初めは宝石商を呼んだりもしていたが、彼らの遊びは今までの貴族の遊びとはかけ離れていた。

ヤドヴィガ様に合わせたかくれんぼや鬼ごっこ、ままごと等、文字通りの遊び。

ローズ様も巻き込んで三兄弟は本気で楽しんでいるように見えた。

王都では見ることのなかったお二方のリラックスした表情は、バレリー家全体をも明るくしていった。

あの三兄弟が魔法使いだと言われてもバレリーの使用人は驚かないだろう。

それくらい、奇跡が起きていた。

「今日も、お綺麗です。ローズ様」

髪を整えたあと、いつもの言葉を口にする。

「ふふふ、ありがとう」

あふれるようなローズ様の笑顔が返ってくる。

ほんの数週間前までは、ふんっと鼻で笑うだけだったことを思うと嘘のような変わりようだ。

ローズ様が幸せそうなのに、何故か逆に王都から一緒に来た先輩メイド達は日に日に機嫌が悪くなっていった。

「ローズ様？　宝石商か、仕立屋か、そろそろお呼びになりませんか？」

その中の一人が、もう我慢できない！　と言ったかと思うと、ローズの元へ行き言葉をかける。

もともと、宝石もドレスも王都から幾つか持って来てあり、バレリー家の屋敷にも久しぶりに帰って来た娘に不自由させないようにと、領主が用意していたので、足りない事はないのだ。

三兄弟と会う前ならば、ローズ様のイライラを少しでも解消するために呼ぶこともあったが、最近の穏やかな表情を見れば必要ないと分かるだろうに。

「宝石商？　仕立屋？　まだ、お父様が用意して下さったもので足りるから大丈夫よ？」

きょとんとローズ様が首を傾げる。

ここで話は終わりのはずなのに、その先輩メイドは珍しく食い下がる。

「しかし、いつもならもっと頻繁に呼んでいたではありませんか？」

「そう……だったかしら？　……ふふふ、そういえば、この前エマちゃんがね？　ローズ様には宝石は必要ないとか言うのよ」

「はぁ……」

「ローズ様自体が、宝石より輝いているからですって！　可愛いでしょう？　エマちゃん」

「はぁ……」

せっかくローズ様が楽しそうにお話をしているのに、先輩メイドは気の抜けた返事しかせず、失礼にも程がある。

バレリーの屋敷の執事もメグと同じことを思ったのだろう、咳払いをして窘めるように睨んでいるのが見えた。

一体何なのだろう？

王都ではローズ様は気難しいと有名で、専属メイドになりたがる者は少ない。

そのお陰で、メグのような離縁された身でも職に就けたのだが、一緒に付いて来た先輩メイド達は、そんなローズ様に長年仕えてきた者達だ。

それなのに何故か、王都とは別人のような朗らかなローズ様に不満があるように見えるのだ。

「そうだ！　メグ、明日もエマちゃん達が来るの！」

メイドの失礼な態度など気にもせずに、ローズ様が嬉々としてこちらを見る。

「はい、存じております。おやつの準備は、お任せ下さい。明日は何を用意しましょうか？」

「そうね、クッキーも良いけどチョコレートも良いわよね。ゲオルグ君はフィナンシェが好きって言っていたかしら？」

「全部、ご用意しますね。皆様、たくさん召し上がりますから」

「ふふふ、エマちゃん達、きっと喜ぶわね」

柔らかい笑み。きっと明日も楽しい一日になる。

この時は、あんなことになるとは思ってもみなかったのだ。

◆　◆　◆

「ローズ様！　今日はピクニックなんてどうでしょう？　屋敷の裏の丘の上は景色が良いし、広く拓けていますので走り回るのには十分ですよ！」

「それは良い考えね。ローズ様？　そう致しましょう！」

翌朝、メイド達がこぞってローズ様にピクニックを提案している。

昨日、失礼な態度を取っていたメイドも加わり、ピクニックの素晴らしさのプレゼンを始めている。

「でも、少し寒くないかしら？」

いつもと違う様子のメイド達に首を傾げながらも、ローズ様が答える。

「で、ですから、敷物や膝掛けをたくさん持っていくのです！　柄を合わせてお洒落な感じに……あ、あと温かいスープやココアなんかも持っていきましょう！」

「あそこには小さな四阿もありますから、風避けに布を張るのも良いかもしれません」

「でも、もう少しでエマちゃん達が来てしまう時間になるわ。準備、間に合うかしら？」

「……スチュワート様方には、こちらで少しお待ち頂いて、急いで用意致しましょう！　ローズ様もお手伝い頂けますか？　やはり、敷物の配置などはローズ様のセンスが頼りでございますから」

「私のセンスが……頼り？」

ぴくんっとローズ様が反応する。

「はい。やはりローズ様でなければ、お洒落には仕上がりません。私どもではどんなに良い敷物でも野暮ったくなってしまいますから」

「そ、そんなことないわよ！　でも、そうね、少し寒いから敷物は暖かみのある色で揃えましょう

「流石ですか？ ローズ様、早速準備に向かいましょう！ ほら、メグも行くわよ！」

いつもならスチュワート三兄弟が来る日は機嫌の悪い先輩メイド達が、今日はとてもよく働く。良いことなのに、何故か悪い予感がする。

それでもメグは、嬉しそうに敷物を選んだローズ様と屋敷裏の丘の上に向かうことにする。

「私が、屋敷でスチュワート様方をお迎え致しますわ。丘の上の準備ができたら知らせに来てね」

送り出してくれる先輩メイドの笑顔も何だか怖く感じるのは考えすぎだろうか。

「メグ、行きましょう。エマちゃん達がびっくりするくらい素敵に仕上げましょうね」

後ろ髪を引かれながらもローズ様の後を追う。

「あら、お客様かしら？ でも、エマちゃん達の馬車ではないわよね？」

屋敷に一台の馬車が停まった様子を、丘へ登る途中でローズ様が見つける。

遠目にもいつもスチュワート三兄弟が乗って来ているものとは別だと分かる華美な馬車だった。

「今日は、バレリー侯爵様もお出かけになられていますし……急用でしょうか？」

ざわざわと嫌な予感がメグを苛む。

「私、様子を見に行って……」

「大丈夫よ、メグ。屋敷に誰もいないわけではないし、お留守番の子達に任せておきましょう。私達の方が大変よ？ これから、ローズ様のお洒落なピクニック御殿を作るのだから」

立ち止まったメグを、先輩メイドが急かす。

あの馬車の紋章……どこかで、見たような……。遠いのでしっかり確認できたわけではないが、どこかで、どこかで……。

「メグー、行きましょう。エマちゃんに直ぐに来てもらえるように急がなくちゃ」

ローズ様とヤドヴィガ様が手を繋いで楽しそうに丘へ登って行く。

こんな、王都どころか数日前まで、見ることのなかったお二人に水を差すようなことは言えず、メグは気になる馬車を頭から消すように首を振り、丘を目指した。

◆　◆　◆

「お待ちしておりました。カルネ様」

屋敷に残った先輩メイドが、一人の派手な服を着た青年を迎える。

バレリー領には、定期的にローズの様子を窺うために王の使いが訪れていた。

使いは王からの私的な手紙を持って来るが、その手紙がローズに渡ることはない。

ローズは王から冷遇されるほどに、ドレスや宝石を憂さ晴らしにと買い漁る。

その陰で先輩メイド達は、自らのドレスや宝石をこっそりと中に紛れ込ませ、注文していたのだ。

ローズの買い物が多いほど、自分達の物が紛れ易くなるのでバレリー行きが決まっても率先して付いて来たというのに……。

スチュワート家のお茶会後、ローズの買い物はパタリと止んだ。

ドレスや宝石のように値の張るものだけでなく、リボンやハンカチ、ポーチ等の小物雑貨ですら新しく買うことがなくなってしまった。

こんな、王都から離れた田舎まで何のために付いて来たのか、先輩メイド達のイライラは最高潮に達していた。

そんな時に来た、王家からの手紙。

今回の王の使いはロンバート侯爵家の次男、カルネ・ロンバート。

この知らせに一人のメイドがニヤリと悪いことを思い付く。


カルネ・ロンバート。

この春に学園を優秀な成績で卒業した二十三歳。

家を継がない彼は、狭き門であった王城の職に就いたエリートだった。

貴族の中では評判の良い優秀な男と認識されているようだが、下働きのメイドや使用人には全く逆の評価を受けている。

上澄みでは上手く隠してある正体も、王城の全ての部屋を掃除する下働きの使用人や貴族の前では取り繕っているが、その後の化けの皮が剥がれた様子まで見る機会の多いメイドには彼の全てがバレていた。

「少し早く来いだなんて、ローズ様も困ったものだ」

メイド達は、王の使いには毎回勝手に都合の良い返事を代筆していた。

万が一、ローズと使いが会わないように上手く調整していたのだ。

もちろん秘密裏に、相手にはローズの言葉と称して。

「申し訳ございません。ローズ様は外出しております。もう少しでスチュワート家のお子様方が遊びに来ると言いますのに、私どもも困っております」

本当は、すぐそこの丘の上にいるのに、メイドはすらすらと嘘を並べる。

スチュワート家のお子様方。この言葉に、カルネが反応する。

「スチュワート家？　確か長男は十五歳、その下が、十一歳、九歳だったか？」

何故、全く関わりのない伯爵家の子供の年齢まで知っているのか、目の前の男の噂をよく知っている先輩メイドは黙って聞き流す。

フヒヒっと貴族の前では見せない下卑た笑いを隠さずに嬉しそうにカルネはメイドに告げる。

「下の二人は私が面倒を見てやろう。到着したら連れて来なさい」

◆◆◆

メグが丘の上で敷物を敷いていると、ゲオルグが歩いて来るのが見えた。

今日は、ゲオルグ様だけの訪問？　いや、そもそもまだ準備の途中だ。

先輩メイド達は何をしているのか……と考えを巡らせたところで強めの風が吹く。

ぶわぁっと敷物が捲れ、勢いによろめくメグをゲオルグがガシッと支える。

「大丈夫ですか？」

十五歳の少年とは思えない力強い腕にメグの心臓がうっかりときめく。

「ありがとうございます！　あのっ、ゲオルグ様はどうしてこちらに？」

「メイドさんに、男手が少ないので手伝いをと言われました。エマとウィリアムは屋敷に待機させています。もちろん、このピクニックのことは内緒にしてありますよ。色々と趣向を凝らしたもてなし、感謝します」

ペコリとゲオルグがメグに頭を下げる。

相変わらず、このスチュワート家の子供達は貴族らしくない。

「あら！　ゲオルグ君来ちゃったの⁉」

「ゲオルグしゃまだーー」

ローズとヤドヴィガがゲオルグに気づく。

「ローズ様、度々のお招きありがとうございます。エマとウィリアムは屋敷で待たせて頂いておりますが、力仕事は俺に任せて下さい。……そういえば、見覚えのない紋章の馬車があったのですが、今日は他にも来客がいるのですか？」

「……そんな予定は聞いてないのだけど、多分大丈夫よ。屋敷にも人は残してあるから、私に用があれば呼びに来るでしょう。こんなに近くにいるんだから」

それより、こっちを手伝って……とローズがゲオルグを手招きし、メグの心配をよそに、ローズもヤドヴィガも現在進行形で屋敷で事件が起きようとしているとは知らずに、仲良く準備を再開する。

◆　◆　◆

屋敷には、エマとウィリアム。

二人は、カルネ・ロンバートの待つ客間へ通されていた。

バレリー屋敷のいくつかある客間の中で唯一窓のないその部屋には、ローズだけでなくヤドヴィガの姿もなく、派手な格好をした男が一人座っている。

何故、自分とウィリアムはわざわざゲオルグと別れてこちらに案内されたのか不思議に思っていると、男が立ち上がり、ニタニタと嫌らしい笑顔で話しかけてきた。

「やあ！　僕はカルネ・ロンバート。エマちゃんも、ウィリアム君も凄く可愛いね？　ローズ様が来るまでぼっ僕と一緒に、フヒヒっ遊ぼうか？」

やや興奮気味に、カルネがウィリアムの頬を撫でる。

頬から、肩、二の腕……ねっとりとした触り方で下へと手が下りていくが、ウィリアムは微動だにしない。

「ロンバート家はね、王都でとても重要な仕事を任されている侯爵家なんだよ。僕と仲良くなれば良い思いがいっぱいできるんだよ。フヒヒっ」

ウィリアムを撫で回していたカルネの手がエマへと向かう……が。

パンッ！

エマは触れられる直前で、その手を払う。

「痛っ。フヒヒっエマちゃん、暴力は良くないよ？　僕にこんなことしたって知られたら、お父様が困ったことになるよ？」

エマが払った手を撫でながら、王家の使者であることを示す腕章をエマの目の前に掲げ、分かるでしょう？　と言い聞かせるように再び手を伸ばす。

パンッ！

カルネの忠告など意に介さずエマはまた、その手を払う。

「ロリコンマジキモすぎ滅びろ」

ぼそっとエマが呟く。

「ん？　何か言ったかい？　エマちゃんは悪い子だね。お兄さん怒っちゃうよ？」

カルネがエマをにやにやしながら見る。

美少女だという噂は正しかったが、スチュワート家の令嬢は、全く怯える素振りもなくカルネを見つめて（睨んで）いる。

これでは、少しつまらない。

一方、まごうことなく美少年のスチュワート家の次男は、ぷるぷると小刻みに震えている。

おとなしい子供の方が断然タイプのカルネは、もう一度ウィリアムに向き直る。

「ウィリアム君は、おとなしくて可愛いね。フヒヒっお兄さんと良いことしない？」

はっきり言ってこんな千載一遇のチャンスを逃すことはできない。

カルネはずっとこんなシチュエーションを夢見ていた。

その反面、自分の性癖が特殊だと気付いてからは、この持て余す思いをどう消化すべきなのか悩んでもいた。

友人たちが美しいと話す令嬢には、全く心が動かない。

張り付いたような令嬢の笑顔はただただ恐ろしく、自己主張の強い彼女達を相手にするのは疲弊するだけだった。

もっと、素直で汚れのない無垢な魂を求めるあまり、気付けば小さな子供に夢中になっていた。

王都は貴族だらけで自由に子供を愛でるにはリスクが大きい。

だが、この辺境の地ならば、多少の問題も握り潰せるだろう。

何せ今日の自分は【王の使者】なのだ。

王の権威を背負い、都合よくメイドの協力まである。

そして、目の前のウィリアム君はまさに、理想的な可愛さだ。

おとなしく、従順、何より幼い。

女の子ではないのは残念極まりないが、男の子でもイケる気がしてきた。

あの可愛い顔、なら…………ん？

ぷるぷると震えているウィリアム君の表情に違和感を覚える。

これは……怯えた表情……？　ではない？　……なんというのか……久しぶりに会った友人を見つめるような……？

いや、違う、これは……憐憫の眼差し……？

姉のエマちゃんは嫌悪感丸出しのごみグズでも見るような視線。

逆に弟のウィリアム君は優しさすら感じる憐憫の眼差し。

今まで接した子供達は、殆ど怯えるような目で見るのが大半だったが……。

この姉弟は何かおかしい…………？

「…………っ同志よ…………」

ウィリアムが絞り出すように呟く。

瞳が潤んでいる。

「え？　ど、同志？」

突然のウィリアムの言葉に聞き間違いかとカルネが怪訝な表情をする。

「こんなところで同志に逢えるなんて！　カルネ様、いけませんよ！　一線を踏み外してはロリコンの名に傷が付きます！！！」

「え？　ウィリアム君？　え？」

目線を合わせるために腰を落としていたカルネの肩にそっと手を置き、ウィリアムが首をゆっくりと左右に振っている。

「三次元に手を出してはいけません。三次元は不可侵領域。子供は、幼女は、清く、正しく、美しい。神聖なものなのです。自らの手で汚すなんて言語道断！」

よく分からないが、ウィリアム君の目は本気だった。

「さっさんじ……げん？？」

「気持ちは分かります。気持ちは、本当に痛いほど分かります！　幼女は愛らしく純粋無垢。たとえ、アフロの小汚いおっさんであろうが優しく、清らかな心で受け入れてくれる……何といっても、あの未発達なからっっふべっっっっっ！！！」

目の前で熱く語っていたはずのウィリアム君が、ぶっ飛んだ。

愛らしく、清く、正しく、美しい、純粋無垢なはずの美少女エマちゃんが思いっきり蹴り倒していた。

「ロリコン……滅びろ」

うううううと蹴られた首を押さえ、ウィリアム君が起きる。

「こっこのように、痛ててててっ三次元の女の子は、純粋でも、無垢でも、清らかでもない場合が稀に…………ぶべっっっっ！」

せっかく起きたウィリアム君がまた、ぶっ飛ぶ。

「えっエマちゃんっ？　死んじゃうから！　ウィリアム君っ死んじゃうからぁー！」

ピクピクと痙攣するウィリアムを助け起こし、夢に見た女の子のイメージと目の前の女の子とのギャップに戦く。

こんなのは、私の知っている……女の子じゃ……ない。

「っこの犯罪者予備軍がっ」

「ひっひいいいいいいいいいいい！」

腐ったものを見るような目で吐き捨てるように紡がれた言葉は、およそ純粋無垢な少女のものとは思えない。

違う。自分の求めている女の子は、もっと従順で健気でおとなしくて、それで……それで……。

こんな蔑んだ目で僕を見ない。

少女が、こんな、怖いなんて……。

「全ての女の子が、か弱く愛らしい訳ではない……それを目の当たりにするには、我々ロリコンの精神は脆弱過ぎるのです。到底耐えられない！　姉の暴挙はまだまだ、こんなものではないのです‼」

満身創痍のウィリアムがよろよろと立ち上がり、熱弁する。

弟のエマの扱いが酷い。エマの弟の扱いも酷い。

「ウィ、ウィリアム君、それなら私達はどうすればいいんだい？」

エマの冷たい視線から逃げるようにカルネがウィリアムにすがる。

方言なのか意味の分からない単語はあるものの、ウィリアムの言葉は長年カルネを悩ませている問題そのものだった。

未だかつて、彼ほど僕の性癖を僕以上に理解してくれる人間はいなかった。

貴族社会で露見すれば、生きてはいけないのだから。

無理に無理を重ね周りに合わせ、ひた隠して来た人生だった。

そこまでしているのに、女の子が、女の子の方が僕を裏切るというのか？

そうなれば、それはもう、絶望しかない。

僕は、誰も愛せない。

女の子が彼の言う通りなら僕は、僕は、壊れてしまう。

「カルネ様、想像の翼を広げるのです」

溢れんばかりの慈しみの表情で、ウィリアムが答える。

「赤毛の〇ンかよ！」

エマの突っ込みは無視して、意味が分からないと嘆くカルネにウィリアムがゴソゴソとポケットを漁り、一枚の紙を差し出す。

「これは、僕の宝物なのですが……カルネ様に差し上げましょう。我々を救う唯一無二の聖遺物です」

せっ聖遺物？　藁をも掴む思いで震える手でウィリアムから一枚の紙を受け取る。

四つ折りにされたそれを開いた瞬間、理解する。

自分が求めていたのはこれだったのだと、心が、体が、魂が喜びに打ち震える。

「こっこれは!?」

「カー〇キャ〇ターさ〇らたんです」

「かっ可憐だ……」

紙に描かれていたのはピンク色の、この世界では見たことのない衣装を纏った少女。

はにかんだ笑顔で、一心に僕を見つめる大きな瞳。

純度百パーセントの無垢な少女は、現実も夢も理想も軽く超えてしまう程に完成された……もはや神だった。

「因みに、口癖は、ほえーです」

「ほ、ほえー⁉」

「はい。ほえーです」

ゴクリ、と生唾を飲み込む。

何だ……それは……女の子が……ほえー……だ……と……？　最っ高ではないか！

なんだこれは⁉　なんなんだこれは⁉　紙に、見たことのない特殊なタッチで描かれた少女の絵、それだけの事なのに何故、こうも胸が熱くなるのか。

しかも、ほえーっだって⁉

「我々を救うのは、最早、二次元しかありません。この絵を描いてもらうのに僕がどれだけ苦労したか………」

涙なくしては、語れない。

この世界で初めて会った同志のためにと、ウィリアムは宝物を、身を切る思いでカルネに譲ることを決意した。

「…………何、肌身離さず持ってるのよ、ぺぇ太…………」

うわぁっとエマはドン引きしている。

ウィリアムの宝物、唯一無二の聖遺物、実はエマが描いたものだった。

エマの幼い頃から培った虫の模写技術と、港の昔の記憶があって奇跡的に完成したイラスト。

それは、ぺぇ太ことウィリアムが理論上は可能なはずなのだと、泣いて姉に頼みに頼んで描いてもらった、さ○らたんの絵なのだった。

「できれば、できることなら、プリ○ュアも、プリ○ュアも欲しかった！」

ガクッと膝をつくウィリアムから漂う絶望は、先程のカルネの何倍も悲痛な想いを抱えていた。

「だから、プリ○ュアは、知らないって何回言わせるの⁉」

世代的に厳しい。

港世代でプリ○ュアを詳しく知っているのは、子供がいるか、大きいお友達かどっちかだ。

港は、どちらでもない。

「……これを描けるのは、この世界で姉だけなのです。僕の頭の中にはさ○らたん以外にも沢山の女の子（主にプリ○ュア）がいるのですが、貴方に紹介できないのが……悔しい……」

「こっ、この絵を……君が描いたの……かい？　エマちゃん……」

どくんどくんと心臓が脈打つ。

描かれた女の子は、純粋無垢そのもの。

思い描いて来た理想以上に素晴らしく、漠然と追い求めていた正解がそこにあった。

そんな、たった一枚しかない宝物をウィリアム君は譲ってくれる……だと？

「えっエマちゃん、もう一枚、描いてくれないか？　このさ○らたんを⁉　同志から聖遺物を奪う訳にはいかない！」

一度、手にしたらもう離せない。

しかし、こんな辛い思い、幼いウィリアム君に課すのは申し訳ない。

彼は、この世界で唯一の同志であり、僕の唯一無二の理解者なのだから。

彼の気持ちだって、僕には痛いほどよく分かるのだ。

「姉様！　お願いします！　もう一枚、描いて下さい」

「た、頼むよエマちゃん！」

ウィリアムとカルネが、エマに土下座までして頼み込む。

エマのゴミくずを見るような視線を後頭部に感じながら、それでも何としても、聖遺物をもう一枚……必死だった。

◆　◆　◆

丘の上では、ゲオルグの手伝いもあってピクニックの準備が完成しつつあった。

暖色の敷物に、毛皮、四阿には風避けに布が張り巡らされ、ローズもヤドヴィガも満足気に頷いている。

「メグー？　エマ様と、ウィリアム様、迎えに行って来てくれる？」

にやにやと変な笑いを含んだ先輩メイドに頼まれ、メグは屋敷へ向かった。

屋敷の前に停められた派手な馬車の紋章を今度ははっきりと見て、サーッと一気に血の気が引く。

あの紋章は、ロンバート侯爵家のものだ……何故、王都近くに領地を持っているロンバート家の馬車がここに？

ロンバート侯爵も、跡継ぎである長男も王都を長く離れるのは難しい要職に就いている……では、あの馬車の主人は……次男の、カルネ様‼

カルネ様は、貴族の中では優秀な青年と認識されているようだが、メイドのメグは知っていた。

カルネの小さな子供を見つめる目が異常であることを。

彼の部屋に、子供を入れてはならない。

彼に、十五歳未満の子供を会わせてはならない。

本性を見る機会のある下働きの使用人からメイドへ、噂は徐々にだが確実な情報として伝わっていた。

エマ様とウィリアム様が危ない。

ローズ様を救ってくれた小さな子供達が、カルネの毒牙にかかろうとしている。

……馬車が来てからどれくらい経った？

ゲオルグ様が来てからどれくらい経った？

あの、先輩メイドの表情からして、意図的にエマ様とウィリアム様（美少女と美少年）をカルネに差し出していたとしたら？

嫌な予感は当たるのだ。なんて酷いことを！

お願い‼　どうか‼　お二人ともご無事で！！！

逸る心に足が縺れる。

ようやく客間の扉を開いたと同時に、エマの声が聞こえてきた。


「もう一度、心しておくように。女の子は？」

目の前に信じられない光景が広がっていた。

椅子にゆったりと座るエマ、その前に直立で立っているカルネとウィリアム。

「『お、女の子は、遠きにありて思ふもの！　そして悲しくうたふもの！　絶対に、見ない、触れない、話しかけない‼』」

騎士の訓練でさえ、ここまで統率のとれた動きはないだろうと思うほど、カルネとウィリアムの動きはピッタリと狂いなく重なっていた。

見ない、で目を掌で覆い、触れない、で大きく両腕でバツをつくり、話しかけない、で掌で口を覆う。

　それ以外は、ぴしっと直立で立っている。

「この誓いを破ったら、これを破ります」

ひらひらと一枚の紙をエマが掲げる。

「「そ、それだけは！　ご勘弁を‼」」

押し頂くようにその紙をウィリアムが受け取り、神々しさで眩しいのかと思うほどにカルネと二人で拝んでいる。

「ま、まさか、再び制服バージョンのさ○らたんを見ることができるとは……」

「ピンクの服も素晴らしいですが、こちらもなんと見事な……」

よく見ると、ウィリアムもカルネも泣いている。

この短時間で一体何が？

メグの心配していた事態にはなっていないようだったが、何が起こったのかは理解できなかった。

「あ、あの……準備が整いましたので……そろそろ……」

メグの恐る恐るの言葉に、エマが立ち上がる。

「お迎えありがとうございます！　やっとローズ様に会えるのね。嬉しい！」

振り向いたエマは、メグの知っているいつもの無邪気な少女であった。

「こほん、では私は、帰ることにしましょうか……」

カルネがいそいそと部屋を出る。

その後ろから、エマが念を押すように声をかける。

「カルネ様、誓いを忘れてはなりませんよ？」

「エマ嬢、神に誓って」

　ぐっと頷き、カルネは休んでいた御者を叩き起こすとバレリー領を離れた。

　渡すはずの手紙も王の言葉も伝えることなく、すっかり忘れて。

　後に、王都を震撼させる連続幼女殺人事件の犯人となるはずだったカルネ・ロンバートは、この小さな出会いによって全く別の人生を歩むことになる。

　何人もの絵描きのパトロンとなり、仕事で得た収入を惜しみなく彼らに与え、王国の芸術文化の立役者として後世に名を残すのであった。

　王都のクーデターとバレリー領の局地的結界ハザードの後始末も落ち着いた頃、王が側妃ローズに尋ねる。

「ローズ、手紙で書いたことなのだけど……」

「陛下？　手紙とはどの手紙のことでしょうか？」

「君がバレリーにいる間に送った手紙に決まっているではないか」

「……そのような手紙、受け取っておりませんが？」

「やはり、怒っているのか？　何も事情を話さずにバレリーへ行かせたことを」

「いえ、陛下。私と子供達の安全を思っての事。怒ってなどいません。ですが、バレリーにいる間、陛下から私的な手紙が送られてきたという話は聞いておりませんが……」

「……どういうことだ？　王の手紙が届かないだと？」

国王が送った手紙は一枚や二枚どころではなく、その全てがローズに届いていないなど有り得なかった。使者は、側に仕えていた者は、何をしていたのか……。

「陛下、怖い顔なさってどうしたのですか？」

「いや……」

ここで何も知らない様子のローズに詳細を話せば、悲しませる可能性があると思い、国王は言葉を濁す。

「陛下、そのお手紙には何とお書きになったのですか？」

「愛してる……」

「え？」

「ローズを、愛していると書いた」

「……陛下……♥」


その後、王命にて秘密裏に調べられ、先輩メイド達の悪事は全て暴かれることとなる。

ローズが傷つかないように彼女たちはひっそりと処罰され、ローズに献身的に仕えていたメグは異例の若さで側妃付メイド長に出世したのだった。

あとがき

皆様、はじめまして、こんにちは。猪口と申します。

この度は、猫好きの猫好きによる猫好きのための転生小説『田中家、転生する。』を手に取って頂き誠にありがとうございます。

本作は小説投稿サイト「小説家になろう」にて連載させて頂いていたところ、奇跡のようなお声がかかり、晴れて書籍化となりました。

喜びすぎて一か月ほど、動悸、息切れが治まりませんでした（健康です）。

それもこれも、すべては支えて下さる読者様のお陰です。

特にウェブ連載時からの読者様にはお世話になっております。物語が物語として何とか形になっているのも、誤字報告や感想欄で重大なミスを教えて下さる皆様あっての事。

田中家のポンコツは間違いなく作者由来でございます。

そして、そんな田中家に最高のイラストを描いて下さったｋａｗｏｒｕ様。この場を借りてお礼申し上げます。キャラデザが届いた瞬間思わず、スタイリッシュ！　と叫び悶えました。

何もかもが初めての作業（スマホで書いていたので、書籍化どころかパソコンの使い方からでした💧）を丁寧に教えて下さった担当様にも重ねてお礼申し上げます。

これからも続けて読んで下さると嬉しいです‼　よろしくお願い致します‼

猪口

DRAGON NOVELS
ドラゴンノベルス

田中家、転生する。

2020年6月5日　初版発行
2022年7月20日　6版発行

著　者　猪口（ちよこ）

発行者　青柳昌行

発　行　株式会社KADOKAWA
〒102-8177　東京都千代田区富士見2-13-3
電話 0570-002-301（ナビダイヤル）

編　集　ゲーム・企画書籍編集部

装　丁　杉本臣希

D T P　株式会社スタジオ205

印刷所　大日本印刷株式会社

製本所　大日本印刷株式会社

DRAGON NOVELS ロゴデザイン　久留一郎デザイン室+YAZIRI

ISBN978-4-04-073596-2　C0093